驚愕の1行で終わる
3分間ミステリー

『このミステリーがすごい!』大賞編集部 編

宝島社
文庫

宝島社

驚愕の1行で終わる3分間ミステリー

目次

驚愕の1行で終わる3分間ミステリー

目次

驚愕の1行で終わる3分間ミステリー

目次

驚愕の1行で終わる3分間ミステリー

はじめに

ミステリー&エンターテインメントの分野において、面白い作品、新しい才能を発掘すべく、『このミステリーがすごい!』大賞を創設したのは、二〇〇二年三月のことです。以来、第一五三回直木賞を受賞した東山彰良氏や、累計一〇八〇万部突破の「チーム・バチスタの栄光」シリーズの海堂尊氏をはじめ、柚月裕子氏や中山七里氏、岡崎琢磨氏、降田天氏、辻堂ゆめ氏など、第一線で活躍する作家を百名以上輩出してきました。

本アンソロジーは、大賞創設十周年を記念した出身作家たちによるショート・ミステリー集『10分間ミステリー』、その翌年に刊行した『もっとすごい! 10分間ミステリー』、前記二冊から作家自身が選んだ自薦作と十五名の気鋭による書き下ろしを追加した『10分間ミステリー THE BEST』に続く、ショート・ミステリー・シリーズの第四弾です。

今回は、「3分間」で読めるショート・ミステリーを依頼。時間に追われる現代人によりフィットし、手軽に読書の楽しみを提供できうるものと考えています。

限られた長さでミステリーを仕立てる難易度の高い企画に挑戦してくれるのは、『THE BEST』の刊行以降にデビューした、第十五回から最新の第二十二回まで、計三十六名の「『このミス』大賞作家」たちです。二巻に分冊する形で二編ずつ、それぞれで狙いの異なるショート・ミステリーを執筆してもらいました。本書『驚愕の1行で終わる3分間ミステリー』には、結末の一行に創意を凝らした作品が並んでいます。

最後の一行で読者を驚かせる趣向を、フィニッシング・ストローク――「最後の一撃」と言います。有名どころでいえば、ロード・ダンセイニの「二壜の調味料」や、最後の一行で犯人の名前が明かされるエラリー・クイーン『フランス白粉《おしろい》の謎』といった古典作品がその好例といえるでしょう。しかし、現代日本の作家たちも決して負けてはいません。本書ではいったい、どんな驚愕《きょうがく》の一行が待っているでしょうか。対となる『衝撃の1行で始まる3分間ミステリー』とあわせて、バラエティに富んだショート・ミステリーの数々をご堪能ください。

『このミステリーがすごい！』大賞編集部

イビキ　小西マサテル

小西マサテル（こにし・まさてる）

1965年生まれ。香川県高松市出身、東京都在住。明治大学在学中より放送作家として活躍。第21回『このミステリーがすごい！』大賞を受賞し、2023年に『名探偵のままでいて』（宝島社）を刊行。現在、『ナインティナインのオールナイトニッポン』『徳光和夫 とくモリ！歌謡サタデー』『笑福亭鶴光のオールナイトニッポン.TV@J:COM』『明石家さんま オールニッポンお願い！リクエスト』や単独ライブ『南原清隆のつれづれ発表会』などのメイン構成を担当。

イビキをかき始めたらマズイぞ。

無防備なことに鍵が掛かっていない自宅――いや、元自宅というべきか――に忍び込んだ俺は、別居中の妻の寝室のドアに聴診器をあてた。

イビキが聞こえたら熟睡している、と判断するのは早計だ。

俺のような内科医にとっては常識なのだが、イビキをかくのは上気道が圧迫されているからであり、そのせいでむしろ眠りが浅くなっているケースが多い。

つまりは妻が目を覚ます危険性が増す、ということなのだ。

――すぅ、すぅ。すぅ、すぅ。

一定のリズムを伴った静かな呼吸音が聞こえてくる。

珍しく酒を呑《の》んでいないのか、幸いにも妻はぐっすりと眠りこんでいるようだ。

ドアを慎重にスライドさせると――薄明りの中、寝室の半分近くを占めているクイーンサイズのベッドがぼんやりと浮かび上がった。

厚手の布団と毛布が、こんもりとした不格好な山を形作っている。

同じかたちでも昔はそれが、ふっくらとした包容力のある山に見えたものだ。

頭から布団を被らないと眠れないという癖も、なぜか可愛《かわい》く思えたものだった。

だが今では、妻の肉体の形状はもとより、その癖から仕草まで、何もかもが吐き気を催すほどに嫌になっていた。山だ――俺は不要な山を、更地に戻すだけなのだ。

趣味のソロキャンプで愛用している上下のレインウェアに身を包んだ俺は、フードを目深に被り、拳を握って軍手の感触を確かめつつ、寝室にそっと忍び込んだ。

そして、山をゆっくりと見下ろしたとき――とつぜん、山が喋《しゃべ》った。

「はぁ？　バカじゃないの」

心臓が早鐘を打つ――起きていたのか。

「離婚なんかするわけないじゃん」山は布団越しのくぐもった声で、なおも喚《わめ》く。

「浮気されるほうが悪いんだよ。全部、あんたが悪いの……」――すぅ、すぅ、すぅ。

寝言だ――しかもこの女は夢の中でさえ、俺に悪態を吐き続けている。

俺は躊躇《ちゅうちょ》なく〝山〟によじ登り、両の膝に全体重を掛け、妻の肩を押さえ込んだ。

「え、な……！　なに……！」

俺は妻を無視したままウエストポーチから黒いビニールシートを取り出す。

そして妻の頭部に、布団の上からシートをぴっと左右に張った。

テントはぴっと貼らないと駄目だ。緩むと崩れる。〝山〟に負けてしまう。

渾身《こんしん》の力でシートをぐっと押し付ける――このまま窒息死させるのだ。

俺がこの一風変わった殺人法を選んだのには、いくつかの理由があった。

手で首を絞めるのは簡単だ。だが俺は、頸椎《けいつい》を折るのが嫌なのだ。かつて患者に心臓マッサージを施したとき、肋骨《ろっこつ》が折れる感触にぞっとしたことがあったからだ。

紐《ひも》で縊《い》死《し》させるとなると索条痕《さくじようこん》が首に残り、即座に殺人と断定されることだろう。だがこの方法だと、肥満と不摂生による心不全と判断される可能性が高い。

さらに、さすがに顔を直視しながらの殺害には抵抗があったということもある。

布団を被らないと眠れないという妻の癖にも感謝しなくてはならないだろう。

ぴっと貼ったシートの下の布団越しに、妻の顔がぼんやりと浮かび上がった。

まるで埴輪《はにわ》のような――いや、ムンクの『叫び』にも似ている。

ぐ……！　が……！　と埴輪が叫ぶ。命乞いだろうか。だが、知ったことではない。

さらにシートをぴったりと密着させ、声と動きを止める。

一分。二分――妻の身体の動きがゆっくりと止まっていった。

念には念を入れろ。十分――十五分。すでに妻は微動だにしていない。

俺は最後に吐き捨てるように「死ねっ」と叫んでから、ようやく手を緩めた。

妻にはよくいわれたものだ――あんたはマヌケだと。

だが俺は、DNAを現場に残すほどマヌケではない。毛穴からは汗という汗が噴き出ていたが、フードとレインウェアがシャットアウトしてくれることだろう。

もしも事件性ありと判断された場合に備え、アリバイ工作も施していた。

俺は夕方から、医大時代の友人宅に大勢で集まり、酒を浴びるほどに呑んだ――ことになっている。そして〝ベロンベロンとなった俺〟は、妻と別居中のアパートまで車で送ってもらったのだ。当然友人は、あの有様じゃ彼はまるで動けなかった筈ですよ、と証言してくれることだろう。だが——俺が呑んでいた〝酒〟の正体は、ひそかに持ち込んだノンアルコール飲料だったのだ。便利な時代である。ノンアルとはビールテイストのそればかりではない。最近ではワインはおろか、日本酒にしか見えないものもある。俺は総仕上げとしてテーブルに突っ伏し、分かりやすくイビキをかきながら狸《たぬき》寝入りを決め込みつつ、スプレー容器に忍ばせた本物のウイスキーを体中に噴霧しておいた。さぞや典型的な〝ブッ潰れた酒臭い男〟に見えたことだろう。

かくして忌むべき山は、ようやく更地になったのだった。

行きと同じく防犯カメラに映らない道を選んで車を走らせ、アパート近くの駐車場に滑り込んだときには、すでに夜が明けようとしていた。

実にすがすがしい朝の陽だ——まるで山上の初日の出のようだ。

自室に戻るやいなや、俺はアリバイ工作の最後の一手として、キツめのウイスキーをバカラのグラスに並々と注いだ。強い酒のほうが証言との整合性が付く。

それに——勝利の美酒は酔えたほうがよいではないか。

五杯目を飲み干そうとしていたとき、チャイムが鳴った。

俺はふらつく足取りでドアを開け、共用廊下に出た。

妻よりも大柄な男たちが通路に立っていた。

そして、俺の名前を確認したあと、黙秘権がどうの、などと喋り始めた。

「ま、待って下さい、ま、まるでわけがわかりませんね。どういうことですか」

「あなたは奥様を窒息死させようとしました。それで、逮捕しに来たんですよ」

リーダー格の刑事らしき端整な顔立ちの男は、オールバックの髪を後ろに撫《な》でつけつつ、他の男たちに向かって顎をしゃくった。彼らが一斉に体を横にずらした。

その後ろには――殺したはずの妻が立っていた。

「ほんっとにあんたはマヌケだね。死ね、なんて地声を出しちゃうんだもの」

俺は揺れる宙を見ながら喘《あえ》いだ。酔いとショックで、足元がおぼつかない。

オールバックの男が、また髪の毛を後ろに撫でつけた。

「奥様はあなたと別居してから、イビキの原因となる睡眠時無呼吸症候群の治療をしておられましてね――昨晩もベッド下の治療器から布団の中に、鼻呼吸用の酸素チューブを引き込んでいたんです。ですから、ずっと呼吸ができていたんです」

「じゃあおまえは――」震える声で妻に問うと――

「そうよ。死んだふりをしていただけ」

俺はその場に昏倒《こんとう》した。コンクリートの床に、頭から。意識が遠のいていく――

「しまった、やばい倒れ方だ。脳溢血《のういっけつ》の可能性がある」オールバックの男が叫んだ。

「イビキをかき始めたらマズいぞ」

注文の呪い　浅瀬明

浅瀬明（あさせ・あきら）

1987年生まれ。東京都出身。日本大学理工学部建築学科卒業。現在は書店員。第22回『このミステリーがすごい！』大賞・文庫グランプリを受賞し、2024年に『卒業のための犯罪プラン』でデビュー。

フリマサイトで耳栓を注文したはずが、届いたのはアイスピックだった。これで自分の鼓膜を破れば静かになりますよ、という冗談のつもりだろうか。それとも単純に商品を入れ間違えただけなのか。おかしなことに、香川隆《かがわたかし》にとっては後者の方が余計に怖く感じられた。ここまで続くと、呪いでもかけられているのかもしれない。

香川がそう考えるようになったきっかけは、つけ麺屋での出来事だ。

その日は確かに極太麺の冷盛を注文したはずだが、十五分ほど待って香川の目の前に運ばれてきたのは冷盛ではなく熱盛だった。間違いにはすぐに気が付いた。けれど、間違っていますの一言はなかなか出てこなかった。作り直させるということが悪いことのように思えたからだ。それに今からこの極太麺を茹《ゆ》で直してもらっても十分はかかるだろうし、食材だって無駄になってしまう。結局は黙って熱盛に妥協することにした。作り直しをさせて冷盛を食べたとしてもきっと純粋には食事を楽しめなかっただろう。

香川が半分ほど食べた辺りで、カウンターの隣に座っていた男性が声を荒げた。

「ちょっと遅すぎないか。注文して結構経《た》つだろ」

男性のきつい口調に店員は申し訳ありませんと深く頭を下げるが、男性は「仕事の休憩時間が終わりそうなんだよ」とさらに店員を責め立てた。昼の混雑する時間帯なのだから注文が遅れることもあるだろうと香川は内心で憤慨した。自分が我慢した後だというのもあるからか、その男性の態度に苛立《いらだ》ちを覚えてしまう。

「極太麺の熱盛ですよね。ただいま用意していますので」

店員がそう言ったところで、香川はぴたりと箸を止めた。あっ、これだ、と視線を目の前の皿に落とす。これが、それだ。

「隣の人、俺よりも後に座ったのにもう来てるけど」

男性はちらりと香川に視線をやった。心臓の鼓動が急に強くなる。店員は冷盛と熱盛を間違えたのではなく、皿を出す席を間違えたのだ。それを自分が注文したものと違うと知っていながら、香川は食べ始めてしまった。店員はきっと、男性に冷盛を出そうとしたところでミスに気が付いて、至急熱盛を用意しなおしているのだろう。ということは店員側は香川が注文と違うものを食べていることには当然気が付いている。隣の男性も察しているかもしれない。

香川が注文と違うと言っていれば、こんな事態にはならなかったのだ。男性は休憩時間を気にすることも腹を立てることもなく、店員は非難されることもなかった。そう考えると胸がきりきりと痛んでくる。いたたまれなくなった香川は残りのつけ麺を胃に押し込んで、逃げるようにして店を出た。

良かれと思ってしたはずだがそれが裏目に出た。そもそもの原因は注文を間違えたのは店側にあるのだから、香川が心を痛めることではないのかもしれない。けれども、余計なことを考えて遠慮するよりも、素直に注文が違うことを伝えた方が結果的に良かったのだと香川は胸に刻んだ。

しかし、その教訓も裏目に出た。一か月ほどして、行列のできる評判の蕎麦《そば》屋に行った時のことだ。頼んだのと違うものが出てきた時点で、香川は「注文間違っています」とはっきり告げた。店員は申し訳なさそうに頭を下げて、急いで作り直しますと皿を下げた。

選択を間違えたことに香川が気が付いたのは数分後だ。最後に店に入ってきた客に店員が頭を下げていた。今日の分の蕎麦がなくなってしまったと説明している。

「並んでいる時はここまではあるって言っていたよね?」

「すみません、こちらの手違いで」

長い長い押し問答の末、次回無料の券を受け取って客は渋々と帰って行った。その会話がずっと香川の席には聞こえてきていて、蕎麦の味など分からなかった。自分が作り直させたからに違いないと分かっていたからだ。その店員はひどく疲れた顔をしていた。その原因が自分にないとはとてもじゃないが思えなかった。誰かを傷つけながら、困らせながら、美味《おい》しい昼食は食べられない。

三度目の機会はラーメン屋だった。味噌《みそ》ラーメンを頼んだはずが、辛みそラーメンが出てきた瞬間に、香川はゆっくりと息を吐いた。どうすべきかと、一生懸命考えを巡らせる。しかし考えている内に、店主が席から離れていってしまう。結論が出ぬまま、香川は慌てて立ち上がると、早口で店主を呼び止めた。

「あ、あの注文間違ってます。辛みそラーメンじゃないです。頼んだのは味噌ラーメンです。で、でも、別に辛みそラーメンでもいいんです。でも、もしかしたら別の人と注文を取り違えてしまっているのかもって思って。そうなら、その人に出して欲しいし、でも、そうじゃないなら、作り直すのはもったいないし、辛みそラーメンもおいしそうだから……」

香川のあまりに必死な様子に近くに座っていた人がくすりと笑う声が聞こえて、香川は顔がかっと熱くなった。何か言おうと思うのに言葉に詰まる。店主は香川が早口で喋《しゃべ》るのを最初はぽかんとした顔で聞いたが、遅れて状況を理解したのか慌てて頭を下げた。店主が言うには食券を見間違えてしまったらしい。申し訳ありません、と何度も頭を下げられて、余計に恥ずかしさが増した。謝って欲しいわけではなかったのに。そのあまりの恥ずかしさと気まずさに耐えられず、香川は座り直してそそくさと辛みそラーメンを食べ始めた。

少しすると、店主がサービスですと、味玉を出してくれた。その時の店主の笑顔を見て、言ってよかったのだと香川はやっと安堵した。その味玉は今まで食べた中で一番美味しかった。ようやく昼食を楽しめる選択をしたのだ。間違っていることを伝えた上で、お互いに損のない選択肢を提案することが大事だったと香川はやっと悟った。

これでもう注文を間違えられても大丈夫だと高をくくっていたが、四度目は外食ではなく通販での注文間違いだった。ここまで間違いが続くのはやはり呪いだろうかと、香川はため息をついた。それとも、度重なる寝不足のせいで、自分が間違って注文したことに気が付いていないのかもしれない。不安になって注文履歴を確認したが、やはり注文したのは耳栓で合っている。香川はここのところ隣人のバイクの騒音に悩んでいた。そいつは深夜に出掛け、早朝に帰ってきているようだ。その時のけたたましい音で夜中に二度も叩《たた》き起こされ、まともに眠れない日が続いている。だから、香川は今夜にでも耳栓が欲しかった。苛立ちながらフリマサイトの出品者にクレームのメールでも送ろうかと非難めいた文面を打ち込んでいたところで、例のバイクの音がした。香川はふと思い立ってメールの文面を書き直す。もしかしたらこれまでの教訓を今回も活かすことができるかもしれない。

『注文間違っています。ですが、これで解決できるか試してみます』

味方のいない完全犯罪　倉井眉介

倉井眉介（くらい・まゆすけ）

1984年、神奈川県横浜市生まれ。帝京大学文学部心理学科卒業。第17回『このミステリーがすごい！』大賞を受賞し、2019年に『怪物の木こり』でデビュー。他の著書に『怪物の町』（以上、宝島社）がある。

わたしたち主婦には誰にもバレずに夫を殺す方法がある。

テレビ画面の向こうでマリエが語りだすと、ソファでくつろいでいたわたしはいつの間にかおかきを口に運ぶ手を止めていた。それはわたしが心の奥底でずっと求めていた答えだったからだ。

マリエというのは「主婦たちの完全犯罪」というドラマの登場人物の名前だ。

モラハラ夫に悩まされていた彼女は妻という立場を利用して、毎日何本ものビールと、粉末状にしたアセトアミノフェンを食事に混ぜて与え続け、ついには肝障害で夫を「事故死」させることに成功する。

それが彼女の言う「誰にもバレずに夫を殺す方法」だった。

アセトアミノフェンはどこにでも売っているようなありふれた解熱鎮痛剤だが、アルコールと一緒に摂取すると肝障害を引き起こす危険性がある。それを利用した殺害方法というわけだ。

この手口の巧妙なところはビールも、アセトアミノフェンも、死体から検出されたところで何ら不自然ではないというところにある。

仮に殺人を疑われたとしても殺意の証明ができなければ有罪にはできない。

わたしは家事から解放された未来を想像し、さっそく次の日には計画を実行に移すことにした。

まずは軽く、薬箱に記載されている倍の量から、こっそりと。

はじめはさすがに躊躇《ちゅうちょ》を覚えたけれど、そんなときはマリエの台詞《せりふ》を思い出した。

「あいつはわたしに『穀潰し』って言ったのよ？　そんな人間……生かしておく価値あるかな？」――

マリエは開業医の夫と結婚して十年、ずっと家政婦のように扱われ続けたうえに、幾度も浮気されてきたらしい。それはわたしととてもよく似た境遇だった。

こちらは若いコンサル会社の社長だったが、まだ二十代だった頃に結婚してからというもの、事あるごとに「誰のおかげで贅沢《ぜいたく》な生活ができてると思ってるんだよ」と罵声を浴びせられ続けた挙句、最近では若い秘書と浮気までされていた。

そんな相手に何を躊躇《ためら》う必要があるのか。

確かにメディアにも出ているような経営者と結婚すれば楽に生きていけると考えたわたしも安易だったが、だからといってこんな扱いを受けるいわれはない。

そう思ったら薬を盛ることにもすぐに何も感じなくなった。

いや、むしろ楽しい。これが自由に繋《つな》がっているのかと思うと、あれほど嫌だった夕食作りにも生きがいを感じるようになるほどだった。

酔いに合わせて規定の三倍、四倍、五倍。二日酔い対策だと言って次の朝にも錠剤を渡し、少しずつ酒と薬の量を増やしていった。

それでも市販されている薬だけあって、なかなか体調を崩すようなことはなかったが、わたしは焦って強引に酒や薬を飲ませるようなことはしなかった。

なぜならドラマのモデルと言われている事件では、標的に殺意を悟られたことが原因で事件が発覚していたからだ。

その事件は本庄《ほんじょう》保険金殺人事件といって、金融業を営む男が自身の経営していたスナックで、客たちを大量の酒とアセトアミノフェン（一人目はトリカブト）で過労死に見せかけて殺害し、その保険金をせしめていたというものだ。

結局、三人目の標的に気づかれて死刑判決まで喰らってしまうが、有罪になったのは共犯であるホステスたちが証言したからであり、遺体から検出された成分だけでは殺意の証明は難しかったらしい。

つまり、裏切るような味方のいないわたしを逮捕することは実質、不可能。

注意すべきはやはり殺意を悟られないようにすることだというわけだ。

だから、わたしはそこに細心の注意を払った。

肝臓にダメージを蓄積させ続けていれば、いずれ必ず自然な事故死が訪れる。そう信じて、ひたすら自然な振る舞いを心掛けた。そのはずだったのだが……。

「なるほど。それでやたらと高濃度のアセトアミノフェンが遺体から検出されたのですね。ですが、それならどうして酒瓶で殴り殺したりなどしたのですか？」

面会室のアクリル板越しに、弁護士は言った。そのもっともな質問に、わたしは自《じ》嘲《ちょう》気味に答える。

「あいつが病院に行くって言いだしたんですよ。やっと薬の効果が出てきたところだったのに、そんなことされたら、これまでの苦労が水の泡になってしまう。だから何とかして止めようとしたんですが、あいつはわたしの言うことなんて全然聞く耳持たなくて、それでついカッとなって……」

説得がいつの間にか言い争いになって、気づけば血塗《ちまみ》れの死体が目の前に転がっていたのだ。

弁護士は、ふむと頷《うなず》いた。

「医者に計画のことがバレると思ったのですね？　ですが、ちょっと診《み》たくらいでそこまで気づかれる可能性はほとんどなかったのではないですか？」

「ええ。それはわたしもわかっていました。けれど肝臓が弱っていると気づかれたら酒を控えるように言われてしまうでしょう？　そうしたら計画を続けられなくなってしまうじゃないですか」

「計画を続けるために、殺害したと言うんですか？」弁護士は訝《いぶか》るように聞いた。

「ええ。本末転倒だということはわかっています。でも、言ったでしょ？　計画はわたしの生きがいになっていたんですよ」

げに恐ろしきは人の感情ということだろうか。

はじめは都合が悪くなれば、すぐに計画を中止すればいいと考えていたのだが、いざとなったらどうしても中止を受け入れることができなかった。

どれほど完璧な計画を立てようと、それを実行する人間は完璧ではないということだろう。結局、完全犯罪など簡単にはできないということだ。

わたしは狭い面会室の中で遠くを見るようにすると、壁の向こうから微かに人の騒ぐような声がするのに気がついた。思わず尋ねる。

「そういえば、わたしのためにどこかの市民団体の方たちが騒いでくれていると聞いたんですが、本当ですか？」

「市民？　ああ、確かに何とかというフェミニスト団体が抗議活動に来ていますね。ですが、それはあなたのためというより、あなたに抗議するためですよ」

「え？　どうしてですか？　わたしの気持ちを誰よりわかってくれるはずなのに」

マリエと似た立場であろう彼女たちは最大の理解者だと思っていた。

だが、弁護士は呆れ顔で言った。

「そりゃ、フェミニスト団体ですから。妻を殺した夫の味方はしてくれませんよ」

覚えのない特許使用許可

南原詠

南原詠（なんばら・えい）

1980年生まれ。東京都目黒区出身。東京工業大学大学院修士課程修了。元エンジニア。現在は企業内弁理士として勤務。第20回『このミステリーがすごい！』大賞を受賞し、2022年に『特許やぶりの女王 弁理士・大鳳未来』でデビュー。他の著書に『ストロベリー戦争　弁理士・大鳳未来』（以上、宝島社）がある。

甲子《きのえね》繊維の社長、甲子辰男《たつお》がゼータ・ファイバーから電話を受けた時刻は朝の九時だった。辰男が送付した特許権侵害の警告書が、ゼータに到着した翌朝だった。

　ゼータ・ファイバーの社長、乙部《おとべ》正孝《まさたか》の思わぬ反論に、辰男は混乱した。

「特許の使用許可《ライセンス》を受けているから特許侵害ではない、だと」

『甲子さんのおっしゃる通り、我々ゼータが製造しているマスクの立体構造は、御社の特許内容と似ているかもしれません。しかし特許侵害にはなりません。使用許可を得ています。特許技術は、特許を持たずとも使用許可があれば使えますので』

　辰男は最初、からかわれていると思った。

「冗談だろう。いつ俺があんたに特許の使用許可を出した」

『甲子さんからではありません。その特許の前の持ち主からです』

「は？」

『一度受けた使用許可は、たとえその後に特許が別人に譲渡されてもずっと有効らしいです。弁理士から聞いたので間違いありません。お訊《き》きしたいのですが、甲子さんの特許は他者から譲り受けたもので間違いありませんか』

　辰男の脳裏に、一年前の譲受契約の場面がよみがえった。

「たしかに買った特許だ。マスクの販売を独占するためにな。特許があれば他人の販売を差し止められる。うちはマスクの立体構造をとっくの昔に開発していたが、コストの関係で販売はできなかった。今になってやっと販売にこぎ着けたと思ったら、他人が既にマスクの構造の特許を持っていた。だから仕方なく買った」

『でしたら納得です。弊社の先代、半年前に死んだうちの親父なんですが、私の知らないところで特許の使用許可を受けていたようです。金庫から契約書が出てきました。必要なら写しをお送りしますので、一度ご確認――』

最後まで聞き終わる前に、辰男は受話器を電話機に叩きつけた。

辰男は怒りで震える手で戸棚を漁った。特許の譲受契約書を取り出した。元の特許権者の江川《えがわ》産業の連絡先を見つけた。すぐに電話をかけた。受話器越しにひたすら怒鳴り続け、社長の江川に取り次がせた。

辰男は状況を怒鳴りながら説明した。

「傷物の特許を高値で売りつけやがってこの詐欺師が！　マスクの販売を独占するために特許を買ったってのに、使用許可済みでは独占もクソもないじゃないか。訴えてやる。通知義務違反の損害賠償で訴えてやるからな！」

話を聞いていた江川は、静かな口調で答えた。

『使用許可をしたのはうちじゃありません』

「お前以外に誰がいるんだ」

『実は、お譲りした特許は坂東《ばんどう》紡績から買ったものです。甲子さんにお譲りしたのは、特許が不要になったからです。うちはもうマスクの製造をやめました』

「特許には前の前の持ち主がいたってことか」

『おっしゃる通りです。にしても、話が本当だったらうちも被害者ですよ』

「なぜだ」

『坂東紡績の契約違反だからです。坂東紡績は、特許に関する情報は全て伝えたと言っていました。誰かに使用を許可していたなんて話は聞いていません。坂東紡績の通知義務違反ですよ。話によっては、うちが坂東紡績を訴えることになるかと』

辰男と江川は坂東紡績にアポを取った。二人は坂東紡績の本社に乗り込んだ。

本社ビルの応接室で、辰男と江川は社長の坂東と直接話をした。

江川は坂東を睨んで訊《たず》ねた。

「坂東紡績も、使用許可をしていない？」

坂東はノートパソコンを開いた。

「その特許でしたら、前の持ち主の千代野《ちよの》繊維が使用許可をしていた可能性があります。千代野繊維から譲渡を受けた特許ですので」

江川は坂東を問い詰めた。

「そちらの都合なんて知りませんよ。で、どうしてくれるんですか」

「千代野さんは、特許に傷はないとおっしゃっていたんですがね。使用許可が付随していたなら話が違います。千代野に確認しましょう。ことによっては訴訟です」

千代野繊維は倒産していた。社長はホームレスになっていた。

新宿《しんじゅく》駅近くの高架下で、甲子と江川と坂東はアスファルトの上に布団を敷いて寝ている千代野を問い質《ただ》した。千代野は布団から体を起こして答えた。

「醍醐《だいご》社長だな。その特許は醍醐製作所の社長から買ったもんだ。新橋《しんばし》の飲み屋で『いい特許だが使い道がないから買ってくれ』と醍醐社長に泣きつかれて、仕方なく買ったんだ。醍醐社長？　音信不通だよ。醍醐製作所も潰れたんだ」

興信所を使って捜し出した醍醐は、狛江《こまえ》の古びたアパートに一人で住んでいた。

「あの特許は個人発明家の飯野《いいの》って奴から買ったんだ。いい特許だからお買い得だって。だったらなんで売るんだよって話だ。買った俺も俺だがな。特許の使用許可？　した覚えはないな」

飯野は神楽坂《かぐらざか》でマジックバーを経営していた。自身もミスター飯野の名前で働いていた。ミスター飯野はトランプを空中でばねのように飛ばしながら答えた。

「あの特許は譲っていただいたものです。常連の方からです。ツケの支払い代わりに、今流行《はや》りのマスクの構造の特許をやる、と。私はすぐに売ってお金にしました。特許の使用許可なんて思いつきもしませんでしたね」

辰男は項垂《うなだ》れた。江川はバーの長椅子に凭《もた》れた。坂東はカウンターに寄り掛かり、千代野はずらっとならぶ酒瓶をじっと見つめ、醍醐はくしゃみをした。

どこまで前の持ち主が続くのか。辰男は力を振り絞り、ミスター飯野に訊ねた。

「どこのどいつだ、あんたに特許を売ったのは」

訊ねた直後、辰男のスマホからメールの着信音がした。乙部からのメールだ。『その後いかがでしょうか。契約書のスキャンをお送りします。ご確認ください』

契約書には『特許権者　ドラゴン・ファイバー』、署名欄には見覚えのある筆跡で『甲子竜巳《たつみ》』と署名があった。

ドラゴン・ファイバーは甲子繊維の前社名、竜巳は先代の社長で、三年前に亡くなった辰男の父親だ。竜巳は「会社はきれいな状態で渡してやる」と意気込んでいた。

辰男が経営を引き継ぐ際、竜巳は実施予定のない特許を大量に売却していた。

もし、件《くだん》の特許の最初の持ち主が竜巳だったとしたら。

辰男の知らないうちに竜巳はマスクの特許を取得し、ゼータに特許の使用許可をした。その後特許は売られ、人の手を転々とし、最終的に辰男の手に戻り――

どうりで甲子繊維で開発したマスクの構造と特許がぴったり一致するわけだ。

辰男は額に手を当てて呻《うめ》いた。

「使用許可をしたの、うちの会社か」

湯治　朝永理人

朝永理人（ともなが・りと）

1991年生まれ。福島県郡山市出身。第18回『このミステリーがすごい！』大賞・優秀賞を受賞し、2020年に『幽霊たちの不在証明』でデビュー。他の著書に『観覧車は謎を乗せて』『毒入りコーヒー事件』（以上、宝島社）がある。

世の中にうんざりして何もかもが嫌になった。日常生活を送っていても耳に入るのは気が滅入《めい》る話ばかりだ。同種同士の争いは今も続き、子供を飢えさせている。一握りが甘い汁を吸って、末端は困窮にあえぐ。どれだけ進化しているつもりでいても、我々の本質は野蛮な猿のまま、何も変わっていない。

未来のことに思いを馳《は》せると、闇夜にぽつんと立っているような不安と恐怖に襲われた。鬱《ふさ》ぐ気分。塞ぎたくなる耳目。見ざる聞かざるを貫けたらどんなに楽だろうか。

不安と無力感に頭を浸食されて、日に日に脳の容量が減っていくのを実感した。伏し目がちになり視界も狭まり、感情のバリエーションも減っていった。現実から逃れるために酒を飲んだ。生きる気力やモチベーションが低下する中、酒量だけがどんどんと増えていった。素面《しらふ》で夜を過ごすのが耐えられなかった。

そんなふうに生きていれば注意力も衰えていく、先日は、道路を横切ろうとしたところで、走ってきた車にはねられそうになった。路肩に無様に転がってなんとか事なきを得たあとで、別に避けなくてもよかったな、などと考えた。

そこでようやく、さすがにこのままではよろしくないと危機感を覚え、心身の療養のため温泉に行くことにした。

目的地に選んだのは、群馬県の山奥にある、秘湯と呼ばれるたぐいの温泉だった。知り合いが、「あそこはいいぞ」と言っていたのを覚えていた。アクセスは悪いけど、温泉はとびっきりだよ、と。周囲に暮らす野生動物たちも入りに来ることもあるという。社会となるべく距離を置きたい自分にとってはうってつけだ。

温泉地へ向かう山道の途中、色々なことを考えた。例によってそのどれもが暗いことだった。それでも何故か、平生より深刻にならずに済んだ。ひんやりと湿った山の空気を深々と吸ってみると、肺の端のほうまで空気が入っていくのがわかった。そこではじめて、自分の呼吸が、気づかぬうちにずっと浅くなっていたことを知った。

途中、柿の木が生えていた。その実は、十一月の山の中でも、ひときわ目を惹く鮮やかな色をしていた。鳥や動物が手をつけているから渋くはないと予想して、その実を一つもいでかじると、甘い果汁が口の中に広がった。あまりのうまさに、口の端から果汁が垂れるのも構わずにむしゃぶりついた。

道半ばまで来た辺りで、近くを流れていた川の近くで一休みした。流れる水は澄んでいて、陽光できらめいていた。顔を洗うと毛穴が引き締まるほど冷たかった。川面《かわも》に映る自分を見て、ひどい顔をしている、と苦笑した。

川岸の岩と岩の間の深いくぼみに、小さな蟹《かに》がいるのを見つけた。風に吹かれたのか、足を滑らせたのか、くぼみにはまりこんでしまったようで、濡《ぬ》れてつるつるの岩をのぼろうとしては、滑って下まで落ちるのを繰り返していた。かくかくと手足を動かすさまからは必死さが伝わってきた。茶色っぽい殻をつまんでくぼみの外に出してやると、蟹は横歩きでそそくさと岩陰に消えた。

温泉に到着したのは夕暮れ時だった。周囲を木々に囲まれた三階建ての建物に、灯《あか》りが灯《とも》っていた。その温泉の近くにある宿は、そこ一軒きりだった。百年近くも前からある宿だと聞いていたが、建物は見るからに新しい。近いうちに改築したのだろう。玄関の「臼川屋《うすかわや》」と書かれた屋号もぴかぴかしていた。

旅館の横、林の間を縫うように、石段がしつらえられていた。露天風呂はそれを上った先にある。露天風呂には旅館の宿泊客でなくても入れるが、宿泊客が四六時中いつでも入れるのに対し、日帰り客は十六時までと時間が決まっているらしい。

石段を上ってみると、脱衣所の近くまで行ったところで、人の声が聞こえてきた。せっかくならば誰もいない時に、心ゆくまで温泉を堪能《たんのう》したかったから、その場で引き返した。慌てることはない、何しろ好きな時に入れる身分なのだから。

そんな悠揚迫らぬ心持ちで石段を下り、周囲を散歩した。旅館にしつらえられていた外階段も上ってみたが、途中の踊り場に大きな蜂の巣があったから慌てて撤退した。

日が暮れて、地の食材ばかりの夕食で腹を満たしたあと、再び露天風呂に向かった。はじめこそ自分以外には人も野生動物もいなかったが、湯に入って間もなく脱衣所のほうから女性の話し声が聞こえてきた。脱衣所こそ男女別だが、風呂は大きな岩風呂一つきりだ。いくら湯浴とはいえ自分がいたらあちらも気が休まらないだろうと思い、顔を合わせる前にそそくさと湯から出た。

その日の夜は久々に深い眠りにつけた。旅の効果が現れているのかもしれない。

翌朝、まだ薄暗い中、露天風呂に着くと、自分以外には誰もいなかった。ほっとしつつ、白く濁ったお湯に足の爪先から体を入れていく。はじめは熱くて身じろぎできなかったが、熱さはやがて心地よさに変わった。血管の中を、血液が駆け巡っていくのを感じた。

湯の中に、体を肩まで沈めたあとで、頭を持ちあげるようにして辺りを見渡した。次第に明るくなっていく山の風景。ひんやりとした秋の風。いい心持ちだった。全身の毛穴から自分の憂いや邪気が抜けていく、そんな空想をした。

ふと、昨日、川で助けた蟹のことを考えた。鮮やかな柿の実の色を思った。こせこせした憂鬱とは無縁な、愚直なまでの生命の本能のことを思った。静かな気持ちだった。

もうしばらくここにいよう、そう思った。温泉は素晴らしいし、周囲の山には茸や木の実もたくさんあって食べるものにも困らない。

どれくらいそうしていただろうか、背後で物音がして、我に返った。はっとそちらを見ると、一人の若い男が脱衣所から出てくるところだった。男はこちらに気づくと驚いたように、その場で立ち止まる。こちらが湯につかったまま動かずにいると、男は湯に入ることもなく、脱衣所へ戻っていった。

彼もまた、誰かと一緒に風呂に入るのに気苦労を覚える性分なのかもしれない。

などと考えていると、男はすぐに戻ってきた。手には、先ほどは持っていなかったスマートフォンが握られている。どうするつもりかと思っていると、おもむろにこちらに画面の裏側を向けてくる。動画か写真を撮影するつもりのようだ。

これには流石《さすが》に腹が立ったから、いささか強い声音でマナー違反を咎《とが》めてやると、男はこちらの剣幕に怯《ひる》んだようで、顔を青くして逃げるように脱衣所のほうへ引き返していった。

誰もいなくなった風呂で、ため息をつく。せっかく穏やかな気持ちでいたのに水を差されてしまった。あの男はどうせすぐ戻ってくるだろうから、いったん退散して、出直そうか。

少しして、脱衣所から戻ってきた男は、先客がすでにいないことに気づき、ほっとしたような、残念なような気分で独りごちる。

「猿も入りに来るって本当だったんだな」

マグ・メル　久真瀬敏也

久真瀬敏也（くませ・としや）

東京都清瀬市出身。山形大学理学部に入学後、北海道大学法学部に編入学・卒業し、新潟大学大学院実務法学研究科を修了。第18回『このミステリーがすごい！』大賞・隠し玉として、2020年に『ガラッパの謎　引きこもり作家のミステリ取材ファイル』でデビュー。他の著書に『両面宿儺の謎　桜咲准教授の災害伝承講義』『京都怪異物件の謎　桜咲准教授の災害伝承講義』『大江戸妖怪の七不思議　桜咲准教授の災害伝承講義』（以上、宝島社）がある。

ぼくの背中が、手すりに当たった。これ以上はもう後ろに下がれない……なのに、パパはどんどん近付いてくる。だからもっと下がろうとしたら、手すりの隙間から落ちそうになって慌てて手すりを摑《つか》んだ。手すりの向こう側は、真っ黒な海だ。広くて黒い海に、ぼくたちの乗った船だけが、ゆっくり大きく揺れながら浮かんでいた。

パパは、大きなトランクを運んできていた。子供が入れるくらい大きくて、丈夫なトランク。パパがこの旅行に持ってきていた、すごく高級なブランドのトランクだ。

きっと、このトランクの中にぼくを詰め込むつもりなんだ。そしてその後、このトランクごとぼくを……。……さっきのママみたいにするつもりなんだ。

「いつも、お前に話をしていたよな。この海の向こうには、『マグ・メル』という、とても綺麗《きれい》な島があるんだって――」

パパの声は優しくて、本当に、いつもぼくに話をしているのと同じ感じだった。

マグ・メルの話は、ぼくも大好きだった。『喜びの島』という意味の、ケルト神話に出てくる伝説の島。それは、西にある大きな海――大西洋に浮かんでいるらしい。

そこには、世界を救った英雄とか、永遠の若さと美しさを持った女の人たちが、楽しく暮らしているんだって。まるで『ピーターパン』のネバーランドみたいに。

「お前もすごく行きたがっていただろ。良かったなぁ。念願のマグ・メルに行けるぞ」

パパが、笑いながら近付いてくる。顔は笑っているのに、涙がボロボロ流れていた。

確かにぼくは、いつか行ってみたい、行けるような英雄になりたいって言っていた。だからパパは、「マグ・メルに行こう」って言えばぼくが素直になると思ってるんだ。

この船の旅も、ぼくはそうやって誘われた。……まぁ、旅は本当に楽しいけど。けど、ぼくはもう知ってるんだ。マグ・メルは、本当は大西洋の海底にある『死者の国』なんだって。永遠に若くいられるのは、死んだ人が年を取らないからだって。

ぼくのすぐ後ろには、真っ黒な海。氷が浮かんでいるくらい冷たい海。こんな所に『喜びの島』なんてあるわけない。あるのは、やっぱり『死者の国』なんだ。

「……パパは行かないの？　パパも一緒に行こうよ？」

「パパは、後で、ちゃんと行くよ」そう言って、パパは泣きながら笑う。「それに、ママは先に行っているからお前一人じゃない。……だから、怖くないぞ」

やっぱりそうだったんだ！　かくれんぼをしたまま寝ちゃってたぼくは、夜中になって変な音がして目が覚めて、そしたら、この甲板でパパがママを手すりの向こうに突き飛ばしているのを見ちゃっていた。それで、パパは今度はぼくを……。

「大丈夫。お前もすぐママの所に行けるぞ。だから大人しく素直にここから……」

「でも、ぼくはパパと一緒がいい」ぼくはパパの声に被せるように言った。「それに、まだこの船で遊んでたいな。ほ、ほら、あそこの人たちみたいに」

ぼくは、向こうの甲板でうるさいくらいに騒いでいる人たちを指さして言った。

楽団の人たちが楽しそうに演奏している。周りに集まったお客さんたちも、みんな笑いながら歌って踊っていた。今は真夜中なのに、大人の人たちには関係ないみたい。

そのとき、急に大きな歓声が上がった。悲鳴かと思ったくらい激しい声だったけど、すぐに笑い声が上がっていた。ボンボンと、大きな太鼓とか祝砲みたいな音もする。それに負けないよう、歓声も笑い声ももっと大きくなっていた。

なのに、ぼくとパパは、まるでみんなから隠れるみたいに、隅っこの暗い所に居る。みんなにバレちゃいけないみたいに――悪いことをするみたいに。

「駄目だ」パパが低い声で言った。怒っているときの声だった。「もう限界なんだよ。無理なんだ。パパは、お前たちと一緒に暮らしていくことはできないんだ」

パパはそう言いながら、ぼくに摑み掛かってきた。このままじゃ殺される！

「い、いやだ。助け……んむ！」

ぼくが叫ぼうとしたら、口の中にハンカチを突っ込まれた。喉の奥まで強引に突っ込まれたせいで息が詰まって、身体が固まった。その隙にパパはぼくを担ぎ上げてトランクの中に押し込んだ。「舌を嚙《か》むと痛いぞ！」パパが怒るように言った。

ぼくは必死に蓋が閉じないようにしたかったけど、大人の力と体重を相手にして勝てるわけがなかった。蓋が閉じて、真っ暗になって、そして、鍵を掛ける音がした。

「そこで何をしている！」男の人の声がした。助けてもらえるかもしれない。そう思った瞬間、トランクが激しく揺れた。「そのトランクは！　それをこっちに寄越せ！　そうすれば俺は……あっ！」男の人の声が遠ざかっていく。身体が浮いたような気持ち悪さ――トランクが投げられて、船から落ちていくんだ。

その直後、ぼくは激しい衝撃と痛みを食らって、意識が暗闇の中に呑《の》まれた。

痛い……寒い……。気が付くと、ぼくはボートの上にいた。トランクも、口に詰められていたハンカチも無い。ぼくは、このボートに拾われたみたいだった。

ぼくの服も身体も、ほとんど濡《ぬ》れていなかった。あの高級なトランク――ルイ・ヴィトンのトランクは、水に浮くし、中に入れた物も濡れないことで評判だった。子供のぼくが中に入っていたくらいなら、あのトランクは沈まなかったんだ。

ボートには、たくさん人が乗っていた。それも、ぼくみたいな子供や、女の人ばっかり。大人の男の人は、居なかった。みんなあの船に残ったんだ。……パパみたいに。

ボートにはママもいた。……みんな生きてる？　それとも、ここが死者の国《マグ・メル》？

ぼくはママに声を掛けようとして、だけど様子が変で、声を掛けられなかった。

ママもみんなも、ジッと同じ方向を見ていた。固まったように動かない。

ぼくも顔を向けて、そして、その光景をジッと見つめることしかできなかった。

……本当は、マグ・メルに行くのはパパだったんだ。

ぼくたちの乗っていた豪華客船タイタニック号が、大西洋の海底に、沈んでいく。

あなたの小説、面白かったよ　貴戸湊太

貴戸湊太（きど・そうた）

1989年、兵庫県生まれ。神戸大学文学部卒業。第18回『このミステリーがすごい！』大賞U-NEXT・カンテレ賞を受賞し、2020年に『そして、ユリコは一人になった』でデビュー。他の著書に『認知心理検察官の捜査ファイル　検事執務室には嘘発見器が住んでいる』『認知心理検察官の捜査ファイル　名前のない被疑者』（以上、宝島社）がある。

「あなたの小説、面白かったよ」

その一言が、私の人生の支えになった。

大学図書館のソファに腰を下ろし、深森《ふかもり》さんは私の小説を褒めてくれた。プリントアウトされたA４用紙一五〇枚以上にもなる長編だったが、彼女はそれを面白かったと言ってくれた。これに勝る誉め言葉はない。

「岡島《おかじま》さん、あなた才能あると思う。小説家を目指してみたら？」

さらに深森さんは称賛してくれる。小説家なんて、と思ったが、憧れているのは確かだ。不細工で愛想もなく、まともに人と喋《しゃべ》れない私のような女性に務まる仕事は、好きな小説を書く仕事以外に考えられない。

「次に書いた小説も、必ず読ませてよ」

深森さんはそうも言ってくれる。大学に入ってすぐにこんな友人に出会えるとは。縁があったと感激した。大学図書館で、小説を印刷して見直していたのを偶然見られたのがきっかけだった。不遇だった高校時代とは雲泥の差だ。奇跡の出会いだった。

それからというもの、私は公募の賞に出すための小説を書き始めた。書き上がるたび、意気揚々と小説をプリントアウトして、それを抱えて大学に向かった。深森さんは友人たちと楽しそうに笑い合っていたので、一人になるタイミングを待った。その間も、深森さんは時折私の姿を目に留めてちらちらと視線を送り、やがて私を指差すとにっこり笑ってから友人たちと別れた。気を遣ってくれているのかと嬉《うれ》しかった。

「うん、やっぱりあなたの小説は面白い」

プリントアウトを渡した翌日、深森さんは笑顔で感想を述べてくれた。私の小説は殺人が起こるミステリーで読み手を選ぶかと思ったが、深森さんにはハマったようだ。評価されると気分が高揚する。裏話でもしてあげようかという気分になってきた。

「深森さん、そういえば気付いたかな。小説内で殺される被害者三人、前の作品の被害者と名前が全く同じだよね。鳩村《はとむら》、野辺《のべ》、佐々倉《ささくら》。これには実は理由があるんだ」

えっどうして、と深森さんは興味津々だ。だが私は三人の名前を口に出したことで、否応なしに高校時代の記憶を蘇《よみがえ》らせた。バケツで水を掛けられ、足蹴にされて便器を舐《な》めさせられた負の記憶だ。自分で口に出したとはいえ、少々気分が悪くなった。

「その三人は、高校時代に私をいじめていた奴らなんだ」

とはいえ自分から言い出した手前、私は説明した。深森さんはちょっと驚いたようだったが、そうだったんだ、と優しげな視線を送ってくれた。

「あの三人を殺してやりたかった。でも、私にはその勇気がなかった。だからせめて小説の中で、あいつらをなぶり殺しにしてやろうとしたんだ」

言葉が次々あふれてくる。深森さんは私の愚かな行為を否定せず、優しく背中をさすってくれた。本当の友達ってこういうものなんだ。人生で初めて気付かされた。

「岡島さん、どんどん小説を書いて。三人を殺すのは、小説の中でなら自由だよ」

励ましが胸に沁みた。私はますます頑張ろうと心に誓い、それからも小説を書き続けた。公募の賞には落選し続けたが、深森さんが「面白かったよ」と言ってくれるのであきらめずに挑戦した。大学を卒業し、深森さんと疎遠になっても、彼女が大学四年間で繰り返し言ってくれた「面白かったよ」の一言を支えに頑張った。就職できずに家に引きこもりながらも、「面白かったよ」の一言を思い出して執筆はやめなかった。その結果、ついに三十八歳で大きな新人賞を受賞した。深森さんに初めて褒められてから二十年という月日が流れていた。

私が受賞した新人賞は、日本最大規模のミステリー新人賞だった。受賞後は、インタビューだ授賞式だイベントだと大いに忙しく、落ち着くまで随分時間が掛かった。そんな中でも、深森さんとは何度か連絡を取ろうと試みていた。しかし、私の人見知りゆえ連絡先を交換していなかったのでそれもできなかった。一度はお礼を言いたいと思っている。だが彼女が今どこにいるのかも分からなかった。

そんな折、高校から同窓会開催の連絡が届いた。負の記憶が思い出されたが、今は地位を築いた自信の方が勝っていた。むしろ、あのいじめっ子三人を見返すいいチャンスだと感じるほどだった。刊行済みのデビュー作でも、私は三人の名前を残酷な手段で殺される被害者の名前として使っていた。SNSをこっそり覗《のぞ》いてみると、大勢の同級生が私の本を買っていたので、皆気付いているはずだ。三人がどんな顔をして同窓会に来るか見ものだった。SNSの情報から、三人が同窓会に出席するらしいことは分かっていた。私は出席の返事を出し、当日、胸を張って会場に向かった。

同窓会で、私は主役だった。小説家デビューは大いに称賛され、皆から羨ましそうな視線をいただいた。いじめを傍観していた奴らも、サインをくれと色紙や私の本を差し出してくるほどだった。見返せたようで大満足だった。

皆は口々に「あなたの小説、面白かったよ」と言ってくれた。その言葉に、深森さんのことを思い出す。彼女がいたから、私は今こうして堂々としていられるのだ。

「あ、岡島じゃん」

軽薄な声に振り向くと、いた。いじめっ子三人組だ。相変わらず三人で群れている。

「岡島、あんたの本、読んだよ」

いじめっ子の一人が、あの頃と変わらないニタニタ笑いを浮かべて言った。本を読んだのなら、名前のことには気付いたに違いない。殴られる、ととっさに身構えた。

「あんたの本、面白かったよ」

彼女の言葉は予想外のものだった。名前に気付いていないのか。いやそんなはずは。後の二人も、面白かった面白かったと媚《こ》びるように追随した。これはもしや、と私はある予感に捉われ始めた。この三人、本当は私の本を読んでいないんじゃないか。

馬鹿にしているのか、読んだふりをして周囲に遅れないようにしているのか。いずれにせよ本だけ買って、読まずに「面白かった」と無難な感想を口にしているだけだ。呆《あき》れるしかない。だが不意に、もしかしたら同窓会に出席している人全員が……と考えて私はゾッとした。そう言えば全員の感想が、判を押したように「あなたの小説、面白かったよ」だけだった気がする。三人組の名前についても誰も突っ込まなかった。

周囲を見回すと、私を指差してクスクス笑う同級生が大勢いた。皆、ようやく気付いたかと見下すような目をしている。その目は高校生の頃と少しも変わらなかった。

私が小説家になったことなんて、皆にはどうでも良いことだったんだ。皆の中では、私はいつまでもドジでのろまな高校生の頃の私のまま。いじめ甲《が》斐《い》のある馬鹿のままなんだ。そう悟って絶望した時、私は唐突に雷に打たれたような驚愕《きょうがく》を感じた。

深森さんだって同じだ。彼女は私を指差して友人たちと笑っていたじゃないか。あれはにっこりではなく、クスクスという冷笑だったんだ。小説を書く私を、仲間内で馬鹿にしていたんだろう。応援するふりをして、彼女は笑いのネタを集めていたんだ。

私の小説なんて読んでいなかった。だって、判を押したように同じ感想だったのは深森さんだって一緒だ。彼女はいつもこう言っていた。こうとしか言わなかった。

『あなたの小説、面白かったよ』

開かずの扉の密室　鴨崎暖炉

鴨崎暖炉（かもさき・だんろ）

1985年、山口県宇部市生まれ。東京理科大学理工学部卒業。現在はシステム開発会社に勤務。第20回『このミステリーがすごい！』大賞・文庫グランプリを受賞し、2022年に『密室黄金時代の殺人　雪の館と六つのトリック』でデビュー。他の著書に『密室狂乱時代の殺人　絶海の孤島と七つのトリック』（以上、宝島社）がある。

鳴神館《なるかみかん》には十年以上開けられていない開かずの扉が存在し、鳴神姫子《なるかみひめこ》の刺殺体はその扉の向こうから見つかった。

事件が発覚した経緯としては、さる昼下がりに姫子が唐突に姿を消したことに端を発する。姫子は全身の筋力が弱くて自力では歩くことができないので、彼女が何者かに連れ去られたことは間違いない。だから鳴神館に住む面々はすぐに事件性を疑って、でも警察に連絡する前に一度、館の中を探してみることにした。

そして捜索を続けるうちに、やがてその扉の前に行き当った。扉は雑然とした物置部屋の中の一番奥の壁に設《しつら》えられていて、高さ三メートル、幅一メートルの重厚な黒檀《こくたん》製だ。なかなか雰囲気のある扉で、物置に入るとまずその扉が目についた。ニスの塗られたその表面には『姫子はこの中にいる』と書かれた紙が貼られていた。

でも、皆は首を傾《かし》げた。何故《なぜ》ならその外開きの扉は、何十枚ものお札で厳重に封印されていたからだ。お札はすべてドア枠をまたがるように貼られていて、だから扉を開くと必ずそのお札が破れてしまう。十年以上前に鳴神館では幽霊騒動があり、その時に呼んだ胡散《うさん》臭い僧侶が扉に封を施したのだ。以来この十数年間、扉は一度も開けられていない。扉に鍵は付いていないので開けようと思えば簡単だが、古びた何十枚ものお札がある種の心理的な鍵になっているのだ。

でも『姫子はこの中にいる』と書かれている以上、無視するわけにもいかない。扉が十年以上も開かれていないとなると中に姫子がいるはずもないのだが、いちおう室内を検《あらた》めてそのことを確認する必要があった。

だから彼らは封を破り、開かずの扉を開いたのだ。部屋の中は真っ暗で、でも何かの物音がしたような気もして――、数秒後に誰かが手探りで電気を点《つ》ける。そして彼らはそれを目にした。変わり果てた姫子の姿を。姫子は扉の正面に置かれた――、扉から七メートル離れた位置にあるウォーターベッドの上に横たわっていた。皆はそのことに驚愕《きょうがく》する。扉の封を破るまで、この部屋には何人たりとも出入りすることはできなかったはずだ。にもかかわらず、部屋の中から姫子の死体が見つかった。だからこれは徹頭徹尾、紛れもない密室殺人で、彼らは自然とその密室のことを『開かずの扉の密室』と呼ぶようになった。

「……」

というような事件が起きたので、その事件を担当することになった刑事の私――、刑部笙子《おさかべしょうこ》（二十八歳）は途方に暮れていた。あまりにも不可解過ぎる。犯人はいったいどうやって密室の中に出入りし、そこに死体を遺棄したのだろう？

鳴神館には姫子のほかに彼女の父と母、そして兄の三人が住んでいて、父親の鳴神弓彦《ゆみひこ》はアーチェリーの元オリンピック選手。母親の墨子《すみこ》は水墨画家で、兄の十種男《じゅしゅお》は大学の十種競技の選手だ。おそらくこの三人の中に姫子を殺した犯人がいると考えられるが、もちろん今の段階ではそれが誰なのかはわからない。

死体が発見された際に扉を開けたのは父の弓彦で、その傍《そば》に控えていた母の墨子がすぐに、扉の傍にあったスイッチを手探りで押して部屋の中の電気を点けた。つまり扉の前には二人が陣取り、十種男はその後ろに控えていたのだという。開かずの間には窓はなく、またその手前にある物置部屋も照明が薄暗かったので、現場の照明が灯《とも》るまでの間、その開かずの間は深海のような真っ暗闇に包まれていた。

「いったい、誰がどうやって」

私は捜査資料を読み返しながら、そんな風にひとりごちる。これはゆゆしき事態だった。何故ならこの国では三年前にとある密室殺人事件が起き、それが『現場が密室だった』がゆえに無罪判決を受けたことにより、『現場が密室ならば無罪』という奇妙な判例が生まれたからだ。その判例により警察は密室殺人が起きた際にそのトリックを暴く義務が生じ、逆に犯罪者たちは罪から逃れるために、強固な密室状況を構築しようと腐心するようになった。いわゆる『密室黄金時代』というやつだ。だから今回犯人が密室を作ったのも、その密室を盾に裁判で無罪を勝ち取るためだろう。

ゆえに刑事の私としては是が非でもこの密室を崩さなければならないのだけど、内心では私はすでに自力での解決を諦めていた。なので私は助っ人に頼ることにして、翌日、その助っ人を喫茶店へと呼び出した。蜜村漆璃《みつむらしつり》という高校三年生の黒髪の美少女で、密室の専門家でもある。私は過去にちょっとした事件を通じて蜜村と知り合い、それ以来、密室の謎に行き詰まると彼女の力を借りているのだ。

「で、今回の密室は――」

私は現場の状況を蜜村に伝える。彼女は紅茶を飲みながらそれを聞いていたが、私がすべてを話し終えると「なるほどね」と言って、黒髪を撫《な》でて私に告げた。

「騒ぎ立てるほどの事件ではないですね。密室の謎は解けました。なので今から犯人がどうやって『開かず』の部屋の中に死体を入れたのかを説明します」

蜜村は頭がいいので、謎を解くのがとても速い。それが密室の謎ならばなおのこと。

「それじゃあ、聞かせてもらおうじゃない。犯人がどうやって『開かずの扉の密室』を作ったのか」

と私は彼女に言う。すると蜜村は「いいですよ」と頷《うなず》き、紅茶を飲みながらこんな風に言った。

「トリックはとても単純です。開かずの扉が封印されている間は、扉が開かないわけだから誰も中に入ることはできない。つまり死体を入れることもできないわけです。ということは、論理的に考えれば犯人は開かずの扉が開いた後に死体を入れたことになる。つまりは密室状態が解除された後に被害者の死体を部屋に運んだんです」

確かに理屈の上ではそうなる。でも——、と私は苦言を呈した。

「そんなの物理的に不可能だと思うけど。だって開かずの扉が開かれた後、すぐに母親の墨子さんが部屋の電気を点けたんだから。扉を開いてから電気が点くまでのわずか数秒の間に、扉から七メートル離れたベッドまで移動して、そこに被害者の死体を置いてまた出入り口まで戻ってくるなんて」

しかもそれを誰にも見つからずに行わなければならないのだ。どう考えても不可能だ。私がそんな風に告げると、「じゃあ、こんな風に考えてみたらどうでしょう？」と目の前の美少女は告げる。

「犯人が死体を抱えたままベッドまで移動したんじゃない。犯人は廊下から一歩も動かずに、死体だけが部屋の中に移動したんじゃないかって」

「死体だけが移動した？」

「投げたんですよ」

紅茶を飲みながら、暢気《のんき》な顔で蜜村は言う。

「容疑者の一人――、被害者の兄の十種男さんがね。開かずの扉が開かれた直後に、その向こうにある七メートル先のベッドまで死体を放り投げたんです」

その言葉に私は目を見開いて、改めて現場の状況を整理してみた。開かずの扉の前には被害者の父母である弓彦と墨子が陣取っていた。そして件の十種男はその後ろ。つまり、弓彦と墨子は十種男に背を向けているわけだから、十種男がどんな不自然な行動を取ろうとそれに気付かないことになる。開かずの扉は雑然とした物置部屋の中にあったから、あらかじめその物置に姫子の死体を隠しておき、それを弓彦と墨子の目に触れずに取り出すこともできるだろう。そして開かずの扉は高さが三メートルもあるから、弓彦と墨子の頭上には一メートル以上の死角が存在することになる。ならばその死角を目掛けて死体を投げ込むことは可能だ。墨子が電気を点けるまでの数秒間は部屋の中は真っ暗だから、投げ込まれた死体は闇の中に溶けて父母の視界に映らない。空中を浮遊した死体はそのままベッドの上に着地するというわけだ。ベッドは柔軟性のあるウォーターベッドなので、ほとんど音も立たないし、死体に傷がつく心配もないだろう。

ならば、残る問題は、

「それって、本当に可能なの？」

人間の死体を七メートルも投げ飛ばすなんて、物理的に可能なのだろうか？

すると蜜村は頬杖《ほおづえ》をつきながら「充分に可能ですよ」と言った。

「十種男さんは大学の十種競技の選手です。十種競技の中には砲丸投げがあって、砲丸投げは七キロの砲丸を遠くまで飛ばす競技です。大学生なら十六とか十七メートルくらい飛ばせるらしいですから、七メートル先のベッドまで死体を投げ飛ばすことくらい簡単ですよ」

なるほど、と私は頷いた。コーヒーを一口飲んで彼女に言う。

「確かに簡単そうね。被害者の姫子さんの体重を考えれば」

その言葉に、蜜村は「はい」と頷く。

「砲丸投げの選手なら余裕ですよ。だって被害者の姫子さんは、生後二ヶ月の赤ん坊なんだから」

映画通　歌田年

歌田年（うただ・とし）

1963年、東京都八王子市生まれ。明治大学文学部文学科卒業。出版社勤務を経てフリーの編集者、造形家。第18回『このミステリーがすごい！』大賞を受賞し、2020年に『紙鑑定士の事件ファイル　模型の家の殺人』でデビュー。他の著書に『紙鑑定士の事件ファイル　偽りの刃の断罪』『紙鑑定士の事件ファイル　紙とクイズと密室と』（以上、宝島社）がある。

「君の瞳に乾杯！」

六本木《ろっぽんぎ》交差点近くの小洒落《こじゃれ》たバーのカウンター。ヒルズの劇場で観てきた映画のパンフを広げて独り飲んでいると、高そうなスーツを着た五十がらみの男があたしに近寄り、グラスを掲げてそう言ったのだ。しかもあたしの瞳を覗《のぞ》き込んで。

「何ですか」と、あたしは訊《き》いた。

「『カサブランカ』のボガードのセリフだよ」と、男は答えた。

それくらいはあたしも知っている。「あたしに何の用だ」と言いたかったのだ。普通に挨拶をするのではなく、代わりにこんな手垢《てあか》の付いた気障《きざ》なセリフを吐くとは。それに、正確にはボガードではなくボガートだ。

そもそも「君の瞳に乾杯」というのはかなりの意訳であり、原語では"Here's looking at you, kid."だから、特に「瞳」とは関係ない。それに、今のあたしは薄茶色のカラコンを着けている。言ってみれば偽の瞳だ。乾杯されてもありがたくはない。

しかし、あたしはしおらしく答えた。「……おぼろげに聞いたことがあります」

「君も映画通なのかと思ってね」と、男は顎でカウンターの上のパンフを示した。「でも、若い人は古いのはあまり観ないのかな」

「ええ、あまり……」と言って、あたしはグラスに残ったオリーブを摘まんで齧《かじ》った。

「それ、マティーニだね」男は自分のグラスを干してから、白髪のバーテンダーに向き直った。「タカちゃん、彼女にお代わりを。それとボクにも同じ物を」

〝タカちゃん〟と呼ばれたバーテンダーは、洋白製と思《おぼ》しきシェイカーに氷とスミノフブラックとドライベルモットを二人分計量して注いだ。勢いよくシェイクする。

その音を聴いて男は振り向いた。「おいおい、マティーニなのにシェイクするのかよ。タカちゃん、とうとうボケたのかい」

「そうしてくださいって頼んだの」と、あたしはタカちゃんを弁護した。

タカちゃんは肩を竦《すく》めてから、シェイカーの蓋を開けて中身を二つの浅いグラスに注いだ。ステンレスのピックが刺さったオリーブの塩漬けをそれぞれに沈める。

男はグラスに手を伸ばしながら言った。「鈴木大二郎《すずきだいじろう》といいます」

「藤《ふじ》です。藤峰子《みねこ》」あたしも名乗り、さりげなく男の表情を窺った。

「ずいぶんと古風な名前だね。でも、とっても素敵だ……」

男の顔色は変わらなかった。何も気付いていない。いい傾向だ。

あたしたちは乾杯した。さすがに鈴木も「君の瞳に〜」を二度は言わなかった。

「うぇ、何だコレ」鈴木は一口含んで顔をしかめた。

「ウォッカベースですよ」と、タカちゃんは言った。

ジンではなくウォッカのマティーニ。しかもステアではなくシェイクする。007ことジェームズ・ボンドの飲み方としてあまりに有名だ。

しかし鈴木は知らなかった。定番のスパイ映画を観たことがないのか。教養もさることながら、基本的に鈍いようだ。警戒心も薄い。

「あら、もうこんな時間！」

あたしはさも慌てたように腕時計を見やり、奢《おご》ってもらったウォッカマティーニを一気に飲み干した。まだ物言いたげな鈴木に丁重に礼を言い、足早にバーを出た。

その後もくだんのバーではしばしば鈴木と出くわした。あたしたちは映画の話題を中心に色々な会話を交わし、次第に親密になっていった。相変わらず鈴木の映画知識は付け焼刃の感が否めなかったが、それはもうどうでもいい。

鈴木はもったい付けるように徐々に自分の身分を明かしていった。精密電子機器メーカー最大手の開発部門担当の重役だった。

だが、あたしは先刻承知だった。無類の女好きで、にわか映画通であるという情報も予《あらかじ》め入手している。そんな鈴木に近付いたのは、ある目的があったからだ。

しばらくして、あたしはお台場にある鈴木のタワーマンションに誘われるようになった。セカンドハウスらしい。見事な夜景が一望できる窓際にミニバーまである高層階の豪華な部屋は、あたしたちだけのプライヴェート空間だった。

二人だけになると鈴木はますます大胆かつ饒舌《じょうぜつ》になり、際どい話も色々とするようになった。職業上の秘密なども少しずつ口の端に上るようになっていった。

「ちょっといいスカッチが手に入ったんだ」と、鈴木は一本のウイスキーボトルの黒っぽいラベルを示して言った。

「ゴードン・アンド……マクガフィン？」と、あたしはわざと間違えて、また鈴木の表情を窺った。

「マクファイルだよ」

「マクガフィンかと思ったわ」

「マクガ……？　何だよ、それ」

どうやら〝マクガフィン〟も知らないらしい。

「大二郎さん、古い映画が好きだと言ったわよね。じゃあ、ヒッチコックとかは？」

「ああヒッチコックね、もちろん色々観てるよ」

「何がオススメ？」

「えーと、『サイコ』とか……『めまい』とか……『サイコ』とか……」

あたしは思わず噴き出した。二つしか出てこないじゃない。

「なんだよ」と、鈴木は口を尖《とが》らせた。「俺、おかしなことでも言ったかい」

「いえ。ごめんなさい、つい……」

あたしたちはバカラに注がれた高級スコッチで乾杯した。大型テレビで映画を観て、他愛《たわい》のない会話を交わし、夜が更けるといつものように鈴木の部屋に泊まった――。

鈴木は家に仕事を持ち帰ることも多いという。重要書類が部屋に造り付けの最新タイプの大型金庫に厳重に仕舞ってあるということも、寝物語の中で訊《き》き出した。

そう。それこそがあたしの目的。

ロックの解除の仕方を訊き出そうと、あたしはあの手この手と試みた。しこたま飲ませて、映画のクイズにかこつけてポロリと言わせようとしたこともある。しかし、いずれも無駄だった。その辺は鈴木もそれなりにガードが固いらしい。

ある晩、苦労してやっと手に入れた自白剤を使ってみた。

どうやらロックはダイヤル式ではないらしい。また、キーボードに暗唱番号やパスワードを打ち込むパターンでもないようだ。

さらに薬を増やした。指紋や掌紋でも、声紋でもないことがわかった。残るは一つ。

――少々流血沙汰があったが、これがビンゴ！だった。金庫はあっさり開き、喉から手が出るほど欲しかった機密書類をゲットすることができた。

あたしはバカラのグラスに鈴木の高価な酒を満たして掲げ、声高らかに叫んだ。

「君の瞳に乾杯！」

ボツにした取材　高野結史

高野結史（たかの・ゆうし）

1979年、北海道生まれ。宇都宮大学卒業。第19回『このミステリーがすごい！』大賞・隠し玉として、2021年に『臨床法医学者・真壁天　秘密基地の首吊り死体』でデビュー。他の著書に『満天キャンプの謎解きツアー　かつてのトム・ソーヤたちへ』『奇岩館の殺人』（以上、宝島社）がある。

ああ、もう、なんもいいのに。気遣われても困んだわ。わざわざ東京から来たの？　電話でも言ったっけさ。喋《しゃべ》れないのよ、その話。何、これ？　クッキー？　歯悪くてさ。でも、せっかくだから孫にけるわ。んだ、んだ、ありがとうございます。

テレビの人だっけ？　いや、テレビならなおさらさ。なんつう番組？　としてんせつ？　怖い話ってことかい？　そこで紹介したいの？　どうだろうねえ。

人が人を食べたなんてさ。楽しい話じゃないっしょ。

それがいいの？　ほんとにかい。まあ、遠いところ来てもらったしね。いいですよ。ん、こんな小っちゃい機械で録音できんの？　便利だねえ。したら喋っていいかい？

ここは貧しい土地だったのさ。戦争前。みんな貧しかったけどね。特にこの辺は食うにも困ってる人が多かったみたい。セツさんは夫と子供数人抱えて、赤ちゃんまで生まれてさ。大変だったろうね。旦那さんが全く働かない人だったらしいし。して、その赤ちゃんが死んじまってさ。旦那さんや子供たちに内緒で赤ちゃんの死体を鍋にして食わせたのさ。もちろん警察には捕まったよ。新聞にも出たんでないかい。

さあ、ひもじかったんでしょう。何日も食べてなかったんでねえかな。頭もおかしくなってたかもしれないね。あと、昔、この辺じゃ死んだ子供を食べる儀式みたいのがあったから。何のため？　家内安全とか夫婦円満とか割と普通の理由だけど——。

え、三十年前の話？　ノブエさんのこと？　そっちを聞きたいの？

あんた……その話、どこで知ったの？　雑誌？　いつの？　そんな古いもん、よく見つけてくるね。たしかに私が話したやつだわ。その記者さんは？　いつ亡くなったの？　ああ、去年まで生きてたんなら関係ないね。あんたも雑誌読んだんなら話は知ってるっしょ。んだよ、その人には途中までしか話してないから。だってねえ。

この話を聞かれたの久しぶりだわ。そりゃ、事件の直後は大勢来たよ。警察も来たし、新聞も来たね。しばらくしたら、ぱったり。みんな亡くなったからさ。最後があの雑誌の記者さん。私もおっかなくなってたから途中までしか喋んなかったんだわ。

誤魔化したんでないよ。セツさんの話も雑誌に載ってたっしょ。ノブエさんの家も蛭《ひる》児《こ》さんだったから。ああ、詳しくは聞かないで。あんたも私も困るから。今は半信半疑ではあるんだけどね。古い話だし、もう怖いことも起きないかな。

ノブエさんとはご近所だったのよ。そこの通りを入っていったところに住んでたの。年も近かったし、まあまあ喋る仲だったね。あの人、駅前に引っ越したんだけど、蛭児さんの集まりには顔を出してたから、その後も道で会う度に何かしら喋ったよ。

ノブエさんとタダシさんはね。同じ会社で働いてたのさ。タダシさんは知り合いの知り合いで顔は分かってたよ。狭い町だからね。

タダシさんは結婚して中学生の娘もいたんだけど、ノブエさんと不倫しててさ。そのうちノブエさんが妊娠したの。タダシさん驚いてさ。別れるって言ったらしいわ。

したっけノブエさん、怒って怒って。もう、わやだったみたい。タダシさんは家族にばれないよう長い間ノブエさんを宥《なだ》め続けてさ。結構ずるずる引っ張ったみたいよ。

それで事件の日さ。ノブエさんのアパートでタダシさんが夕飯食べたの。ノブエさんが呼んだんだわ。その頃、タダシさんはどうしようもなくなって何とか黙って別れてくれるようにノブエさんに頼んでて。だから最後の食事のつもりだったんでねえの。ノブエさん、料理上手でね。その日は色々作ったみたいだわ。タダシさんも喜んで全部食べたようだけど、それが良くなかった。肉料理も平らげてさ。んだ。ロールキャベツだか肉炒めって聞いたよ。そこはどうでもいいの。問題は使ってた挽《ひ》き肉。タダシさんが食べ終わったのを見て、ノブエさんが言ったのさ。

その肉、あんたの娘のだ、って。

娘のって言われても意味わかんないっしょ？

でも、タダシさんは嫌な予感がして家に急いで帰ったのさ。その頃、携帯電話が無かったからね。あった？　東京だからでしょ？　こっちじゃ誰も持ってなかったよ。

どこまで話したっけ？　ああ。そうだ。

それで、タダシさんが家に着いたら奥さんと娘さんの死体があったのさ。

たしか雑誌の記者さんに話したのはここまでだったよね。

この先ねえ……違うって、意地悪してるんでないの。あんたも聞いたら後悔するだろうからさ。私ははんかくさいから助かったけど、あんたは賢そうな顔してるし。

いや、上司に怒られるって言われても……。

じゃあ、頭空っぽにして聞いてね。何も考えず。あと、責任は取らないよ。

奥さんと娘さんの死体を見つけたタダシさんは自分も首吊《つ》ったの。ノブエさんも次の日に飛び降り自殺さ。私、飛び降りる前のノブエさんに会ったんだよ。ここに来たの。ううん、うちじゃなくて蛭児さんのとこ。向かう途中のノブエさんにばったり会ってさ。この話聞かされたのよ。これで夫婦になれるだか何だか。笑いながら喋ってっから冗談でも言ってんのかなと思ったよ。通報？　しないよ。冗談だと思ったから。気味悪かったけどね。でも、すぐにタダシさんたちの死体が見つかって。警察は、ノブエさんがタダシさんの家族を殺したってことで落ち着いたみたい。そら、そうだよ。

でも、おかしいことがあったんだわ。

タダシさんの娘さん、刃物で刺されて死んでたんだけど、肉を切り取られた痕は無かったの。だから、娘の肉ってのは、ノブエさんの嘘《うそ》かって話になったんだけど――タダシさんの死体を解剖したら出てきたのさ。

胃の中から人肉が。

話はここまで。ダメよ。考えちゃダメよ。聞くだけにして。

蛭児さん？　水子の供養とか禁厭《まじない》とかする人でね。代々この辺でやってるの。昔は生まれてすぐ死ぬ子が多かったから。その祟《たた》りを抑えたり、禁厭をかけたりさ。禁厭に利用した水子の祟りは怖いんだよ。病気になるぐらいなら軽くて、頭おかしくなることもあるから。セツさん家《ち》が赤ちゃん食べた時も蛭児さんが面倒見たはずだよ。すぐそこに住んでっから会ってくれれば？　いい人だよ。ほら、壁に貼ってるお札も蛭児さんにもらったの。よく分かんないけど、お守りと思って貼ってる。ノブエさんの面倒見てたのは先代の蛭児さんだけどね。十年ぐらい前に亡くなったよ。

ノブエさんが蛭児さんにどんな相談してたかは……さあねえ。考えないようにしてる。ノブエさんさ、私以外にも何人かにこの話したらしいんだけど、喋った相手はみんな死んじゃって。ううん、病気じゃなくて自殺さ。頭おかしくなって。

蛭児さんにも人に話すなって言われたんだよ。祟りが異様に強いんだって。先代の蛭児さんも驚いてたわ。お札もらったのもその時。だから詳しく聞かないでっての。世の中、想像するだけで祟られるものってのがあんのさ。あんたも忘れて。

なんも、話を聞くだけなら大丈夫。祟りの元凶を想像しちゃうとまずいの。あんたみたいな人は、聞くと考えちゃうっしょ。その推測が見当違いだったら問題ないよ。でも、答えに行きついちゃうとね……。

答え？　それは……だから挽き肉さ。

胃から出てきた人肉が誰のもんか、分かっちゃった人は三日で気が狂うの。

暇潰し

岩木一麻

岩木一麻（いわき・かずま）

1976年、埼玉県生まれ。神戸大学大学院自然科学研究科修了。国立がん研究センター、放射線医学総合研究所で研究に従事。現在、医療系出版社に勤務。第15回『このミステリーがすごい！』大賞を受賞し、2017年に『がん消滅の罠　完全寛解の謎』でデビュー。他の著書に『時限感染』『がん消滅の罠　暗殺腫瘍の謎』（以上、宝島社）、『テウトの創薬』（KADOKAWA）がある。

絹糸のような冷雨が、リビングの窓外で音もなく降り続いていた。午前十一時半。ソファに身を預けた私は、前場の株価指標を携帯端末で確認した。

昼食の冷凍食品を温めるために、酸素チューブを手にして立ち上がろうとすると、携帯端末が鳴って来客を告げた。

アプリで門扉のカメラを確認すると、黒スーツの若い男が立っていた。画面をタップし、はいと応えると、男はセールスに参りました、と良く訓練された笑顔で告げた。ストレートな男の物言いに、私は興味と好感を持った。売り物は何かという問いに、「暇潰しです」と答えた男を、私は苦笑を浮かべて家に招き入れた。

平均寿命が男女ともに百歳を超えた現在、人々は長すぎる老後を持て余している。九十八歳で酸素濃縮器の世話になっている私もその一人だ。暇は生きる感覚を希薄にし、空気が薄くなったような苦しさを感じていた。暇潰しは大歓迎だ。

最初に勧められたのは、劇的に皮膚の皺《しわ》が目立たなくなるという男性用化粧品だった。男が携帯端末で示した写真では、使用後に別人のように若返っていた。

「若返りに興味はないよ」

私が首を振ると、男はなぜか少し嬉《うれ》しそうな顔をして、次の商品を勧めてきた。

「では催眠療法などはいかがでしょうか」

私は顔をしかめた。「催眠療法?」

男は床に置かれた鞄《かばん》から、ヘッドマウントディスプレイと手袋を取り出した。

「こちらのVRセットを使って、仮想現実を体験して頂きます。体験後には多くの方が充実感を覚えられるようです」

「仮想現実って、いったいどんなものなんだ」

「体験して頂いた方が早いです」

私は訝《いぶか》しんだが、どうせ暇なのだとすぐに思いなおした。長い老後の倦怠《けんたい》という砂漠に、刺激のオアシスを求めた私が黙って頷《うなず》くと、男は笑みを浮かべ、ヘッドマウントディスプレイを私に被せた。


気が付くと、私は長い廊下に立っていた。両側に扉が並んでいるだけの無機質な廊下だった。私は自分の頭に手をやった。触れたのは自分の頭髪で、ヘッドセットではなかった。部屋着のままで、スリッパも自分のものだ。

酸素チューブが見当たらないが、息苦しさはない。空気自体が、特殊なものであるように感じられる。

「おい、一度止めてくれ」と言った私の声は、果ての見えない廊下に吸い込まれるだけだった。途方に暮れて、扉に描かれている横向きの矢印に触れると、それは音もなくスライドした。

部屋の内部は、廊下よりも暗く調光されていた。内部には五×五、計二十五本の、私の背丈ほどの柱が床から延びていた。柱の上部は水槽になっていて、薄く濁った液体で満たされ、細かな無数の泡が絶え間なく底部から昇り続けていた。

水槽の中に目を凝らした私は、首筋に薄い刃物を当てられたような怖気《おぞけ》を覚えて後ずさった。心拍が跳ね上がり、恐怖を血流にのせて爪先までくまなく循環させた。

水槽の中に浮かんでいるのは人間の脳髄だった。標本でないことは一目でわかった。脳は水槽の中に屹立《きつりつ》する管に繋《つな》がれ、表面の血管網に生きた血が巡っていた。ふと視線を感じたが、脳髄に眼球はついていない。

気のせいかと思ったが、天井のカメラがこちらを向いていることに気付いた。恐怖で息が荒くなったが、彼らもまた恐怖しているのを感じた。それは奇妙な感覚だったが、私には彼らの思考だけでなく、表情までもがありありと感じられた。

こいつらは未来のヒトなのだ。肉体が朽ち果て、脳だけになっても生にしがみつく老人たち。脆弱《ぜいじゃく》な彼らは、肉体を持つ私に恐怖している。

続いて私が感じたのは、彼らの微笑《ほほえ》みだった。

「恐れることはない」、と彼らは私に慄《おのの》きながら微笑みかけていた。

その刹那《せつな》、嫌悪感と怒りが爆発的に私の中で膨らんだ。これは死者の微笑みだ。微笑み返してしまえば、あちらに引き込まれる。そんな気がした。だが、彼らは脳だけで何もできず、私は自分の手足で動くことができる。

壁際に立てかけられていたバールを手にすると、脳たちは悲鳴をあげた。心に直接響く金切声を消したくて、私は水槽を一本ずつ破壊していった。人殺しをしているという実感は希薄だった。どうせこれは仮想現実だ。それに、こいつらが人間かどうかも怪しい。私は違う。私はしっかりと自分の体で生きている。化け物どもめ。


「いかがでしたか」

男の声で我に返った。元通りの、自宅のリビングだった。鼻に手をやると、命綱である酸素チューブが指に触れた。

私は苦笑して首を振った。感想を述べるのは簡単ではないが、男が最初に言ったように、私は不思議な充実感を覚えていた。仮想現実で出会った脳だけの化け物たち。あいつらに比べれば、自分の生はしっかりと地に足がついたものであるように感じられた。あいつらには足どころか、体そのものがない。

「まあ、悪くはなかったな」

「ご満足いただけたようでなによりです」男は微笑んでから付け加えた。「時間旅行に」

「時間旅行だと?」私は眉根を寄せた。「仮想現実ではなかったのか」

「ええ。お客様には未来へと旅をして頂きました」

私は鼻を鳴らした。「そんなバカなことがあるものか。時間旅行などと」

そう言いながらも、私は背筋に冷たいものを感じていた。

男の眼が、どこかこの世のものならざる光を放っていたからだ。

その時、背後に気配を感じた。振り返ると、ソファの後ろに、若い男が立っていた。毛皮をまとい、石斧《いしおの》を手にして血走った眼を私に向けている。

「彼にも時間旅行をしてもらいました」

男の虹彩《こうさい》が放つ赤い光は、もう完全に人間のものではなくなっていた。

「はるか昔。まだ人間の平均寿命がずっと短かった時代からの来訪者です」

私は慌てて立ち上がったが、よろめいて床に尻もちをついてしまった。毛皮の男が、ソファを回り込んでこちらに向かってくる。彼がなにを考えているかは理解できた。皺だらけで、酸素チューブに繋がった自分は、化け物のように見えるのだろう。だが待ってくれ、私は同じ人間だ。恐れることはないんだ。原始人には分からないだろうが、科学の素晴らしい進歩が人類の寿命を延ばして……。

怖がらないでくれ。私は毛皮の男に微笑みかけた。恐れる必要はないんだ。

石斧を振り上げた原始人を茫然《ぼうせん》と眺めながら、私は最期に理解した。

スーツの男が言っていた「暇潰し」は、私が暇を潰すという意味ではなく、暇な私を潰す、という意味だったということを。

新月に願いを

宮ヶ瀬水

宮ヶ瀬水（みやがせ・すい）

1991年生まれ。茨城県出身。立教大学法学部卒業。第16回『このミステリーがすごい！』大賞・隠し玉として、2018年に『三度目の少女』でデビュー。他の著書に『推理小説のようにはいかない ミュージック・クルーズの殺人』『横浜・山手図書館の書籍修復師は謎を読む』（以上、宝島社）がある。

クラスにカーストがあるのは許せるけど、カーストが顔で決まるのは許せない。

不細工な顔を下に向け、私はいつも、休み時間が過ぎるのをただ座って待っている。

すこし離れた席では、このクラスのカーストトップに君臨する友紀奈《ゆきな》が、取り巻きたちとお喋《しゃべ》りに興じていた。

「ねえ、知ってる？　裏山の神社に祈ると、つぎの新月の日に神様がその人の悪いところを取ってくれるっていう噂《うわさ》」

友紀奈が言うと、取り巻きのひとりが大袈裟《おおげさ》に目を瞠《みは》った。

「悪いところを？　友紀奈、必要ないじゃん」

げらげらと笑いながら友紀奈をくすぐり、揉《も》みくちゃにしながら「これだけ可愛《かわい》い顔してるんだから、悪いところなんてありませえん」と笑ってふざける。友紀奈は「本当なんだってば。昔、足が腐りかけて命の危機に瀕《ひん》した人がいたんだけど、その神様が足を消してくれたから助かったんだって」と説明しながらも、嬉《うれ》しそうな表情でされるがままになっている。

気に食わないけれど、友紀奈の顔が整っているのは確かだった。身長も高く、スタイルもいい。取り巻きの言うとおり、彼女の容姿に悪いところなんてひとつもない。

そのルックスの力で、友紀奈はクラスの中心にいる。

対して、私はどうだろう。太っているし、可愛くない。くるくるとうねった髪、窪《くぼ》んだ小さな目、低い鼻、にきびとそばかすだらけの肌。当然このクラスでの立ち位置は最下位で、友だちだってひとりもいない。

ああ、どうして私は不細工なんだろう。

見た目は生まれたときに決まってしまう。はっきり言って、運だ。そんなことでクラスでの立ち位置まで決まってしまうなんて、こんなに理不尽なことがあるだろうか。神様とやらが本当にいるとして、その力が必要なのは友紀奈じゃなくて、私だ。

そこまで考えて、ふと気づく。

もしかして、友紀奈、その神様に祈ったの？　だからそんなに可愛いの？

目線だけを、こっそりと友紀奈のほうに遣《や》る。爽《さわ》やかな笑顔を見せる友紀奈は、まるで全身から光を放出しているように輝いている。

気に食わない。けれど、うらやましい。

私も神様に悪いところを取ってもらえれば、あんなふうになれるかもしれない。

夜になると、私はこっそりと家を抜け出した。学校の裏山は、自宅から歩いて行ける距離にある。噂を百パーセント信じているわけではないけど、祈るだけでこの顔を変えられるのなら、試すくらいはしてみてもいい気がする。

裏山の入り口は藪《やぶ》のようになっていた。手入れされておらず荒れていて、普通なら誰も近づかないだろう。けれど私は覚悟を決めて突入し、草木をかき分けて進んだ。

「痛っ」

先端の鋭い葉で、右手の甲を切ってしまった。醜い私の身体の中で、褒めてもらえるところがあるとすれば手だけだった。それなのに、傷が残ったらどうしてくれるの。悪態をつきながら、それでも神社にたどり着くことすらできないまま帰るのは悔しいので、私はひたすらに歩みを進めた。

山道を数十メートル登った先、木々の間に鳥居が見えてきた。

細い月にぼんやりと照らされた鳥居は、色褪《いろあ》せ、朽ちてぼろぼろになっていた。こんなに荒れ果てた神社の神様が、本当に人間の悪いところを取るような力を持っているのだろうか。やはり眉唾の噂にすぎないのかもしれない。友紀奈に騙《だま》された気分になりながらも、鳥居をくぐってひび割れた石畳の上を進む。

神社は木製で、私の身長ほどの大きさしかなかった。きっと中に御神体があるのだろうけれど、社の扉が閉まっていて姿形は見えなかった。その社も手入れがされておらず、ところどころ黒く腐っているようにも見えた。

仕方がないので、そのまま扉の前で手を合わせる。

——どうか、私の悪いところを取ってください。

祈ったその瞬間、夜風が吹き、木々をざわざわと揺らした。そのタイミングがあまりにも合っていたので、本当に神様が応えてくれたのかと信じそうになる。

「これで……お祈りできたってことで、いいのかな」

新月は明日だ。明日、私の悪いところはなくなる。人生が変わる。

友紀奈のようにクラスの中心になることができる。


つぎの日、教室へ入ると、私はまっすぐ友紀奈のもとへ向かった。いままでは声すらかけることのできなかった相手だけど、今日の私は違う。

「ねえ友紀奈、私も行ってきたわよ」

「え、何のこと？」

「昨日話していた、裏山の神社よ。悪いところを取ってくれる神様」

これで、私もあなたと同格ね。さすがに口にはしなかったが、余裕たっぷりの笑顔で友紀奈を見遣る。友紀奈はきょとんとした顔でこちらを見返した。

「昨日の話、聞いてたの？　でも、わたしはあの神社には行ったことないよ？」

「えっ」

窓から強い風が入ってくる。カーテンが激しく揺れ、友紀奈の机上にあったノートがめくれる。それを押さえながら、友紀奈が言う。

「普通は行かないでしょ、人間の醜い部分を奪って集めている邪神のところなんて」

瞬間、自分の存在が霞《かす》んでいることに気づく。
人間の、醜い部分。
――そうか、私は全部が消えちゃうんだ――

＊

唯一残された左手首が、ゴトンと床に落ちた。

北側の窓　三好昌子

三好昌子（みよし・あきこ）

1958年、岡山県生まれ。大阪府在住。嵯峨美術短期大学洋画専攻科卒。第15回『このミステリーがすごい！』大賞・優秀賞を受賞し、2017年に『京の縁結び　縁見屋の娘』でデビュー。他の著書に『京の絵草紙屋　満天堂　空蝉の夢』『京の縁結び　縁見屋と運命の子』『狂花一輪　京に消えた絵師』（以上、宝島社）、『朱花の恋　易学者・新井白蛾奇譚』（集英社）、『室町妖異伝　あやかしの絵師奇譚』（新潮社）、『無情の琵琶　戯作者喜三郎覚え書』（PHP研究所）など。

「私が中学生の頃、『こっくりさん』が流行《はや》ってね」と、ママが言った。リビングの東側には出窓があり、レースのカーテンを揺らして、五月の風が吹き込んでくる。空にはぽっかりと白い雲。ママはコーヒー、私はココア。穏やかな日曜日の朝だ。

ママの言葉に私は笑った。だって、こんな日に心霊話なんて、似合わないにもほどがある。でも、ママはかまわず話し始めた。

休憩時間、クラスの誰かが言い出して、こっくりさんが始まる。大抵は、次の授業で先生に当てられる生徒の出席番号を教えて下さいといった、たわいない質問をするためだ。

紙に五十音と一から十までの数字を書いて、下の左右どちらかの端に、小さく四角を書き、十円玉を置く。

「四角は窓で、こっくりさんの出入り口になるの」

なぜか、出入口は必ず北側の窓だ。そのため、実際に場所となる教室の北側の窓を、わずかでも開ける決まりだった。

まず、三人か四人で、十円玉に人差し指を乗せる。

「『こっくりさん、こっくりさん、北の窓からお入り下さい』と呼びかけると……」

十円玉は滑るように動き出し、数字やひらがなの上を順に巡って、質問に答えてくれる。

「無意識に誰かが動かしているとか？」

「まあ、そういう説もあったけどね」

きっと誰しも本気で信じていた訳ではないのだろう。半信半疑だからこそ、それは遊びとして広まった。本当に信じていたら、怖ろしくてとてもできない。質問の答えなどどうでも良くて、ただ勝手に十円玉が動くのが、不思議で、怖くて、面白かったのだ。

「途中で指を離してみたら？」

それでも動くのだとしたら、本当にこっくりさんなのかもしれない。

「そんなことをして、こっくりさんが帰ってくれなくなったら困るでしょう」

いったん始めたら、最後まできっちり終えて、帰っていただく。それがルール。そうしなければ、何か良くないことが起こるのだという。

当時、こっくりさんは、あちらこちらの中学校で流行った。

「どうしてもこっくりさんが帰ってくれなくて、油揚げをお供えしたとか、気が変になって病院に入ったとか、そんな噂《うわさ》も広がって……」

とうとうただの遊びで終わらなくなり、校長先生が朝礼で「やめるように」と注意し、禁止にしてしまった。

「志望校に受かるかどうかは、聞いてみたい気がするけど。あと、ちょっと気になる男の子が、私のことを好きかどうか、とか……」

この国の将来や、地球の未来や、そんな大きな問題ではなくて、身近にあるほんの些細《ささい》なできごとが、日々の幸、不幸を決める。私たちの年頃は、きっとそういうものなのだ。

「ある日の放課後……」

ママは再び口を開いた。

「仲の良かった三人の友達と、こっそりとこっくりさんをやったの。十円玉の上に指先を乗せて、『こっくりさん、こっくりさん。北の窓からお入り下さい』って」

ところが、十円玉はピクリとも動かなかった。

「いつまで待っても動かないものだから、皆、飽きて、途中でやめて帰ってしまった」

「ちゃんと、最後までやらなくても良かったの？」

「皆、本気で信じてた訳じゃなかったしね」

「私も信じない。きっと、何かの偶然だったり、気のせいだと思う」

「でもね、後になって、あることに気がついたの」と、ママは言葉を続ける。

「あの時、こっくりさんに、『北の窓からお入り下さい』と呼びかけたのだけど、開いていたのは、南側の窓だったのよ」

私たちは方角を間違えたのだ、とママは妙に真剣な顔になる。

「こっくりさんをやったのは、物置に使われていた空き教室で、北側の窓は閉め切られたままだった」

ママの声が静かに響く。私は次第に無言になった。

「この前、中学時代の友達から手紙が届いてね」

それは、二人の友人の訃報を告げるものだった。

「二人とも家の中で倒れて亡くなったの。心不全だったそうよ」

それで、あの時のこっくりさんを思い出したの、とママは言った。亡くなったのも、手紙をくれたのも、その時、こっくりさんを一緒にやっていた友達だった……。

「こっくりさんをやめて帰る時、何気なく北側の窓を見たの」

窓は白い煙のようなもので覆われていた。教室は二階にあった。北側には焼却炉があったので、何か燃やしているのだろう、ぐらいにしか思わなかった。

「よく考えてみたら、あの焼却炉は古くなっていて、すでに使われていなかったわ」

「じゃあ、白い煙は何だったの？」

「分からない」と言うように、ママはかぶりを振る。

「だけどね。私たちに呼ばれたこっくりさんは、北側の窓まで来て、そこに留まった。そのまま放って置かれたこっくりさんが、怒っていないとどうして言えるの？」

いったん始めたら、最後まできっちり終えて帰っていただく。それがルール。もしそうしなければ……。

「でも、こっくりさんは北側の窓にいて、入ってはこられない筈……」

その時、私はあることを思い出した。私の通う中学校はママの母校だ。今年の春、新校舎が建ち、旧校舎は先月から取り壊しが始まっている。窓は開けていない。でも、窓そのものが壊されてしまったら？

突然、電話のベルが鳴り、ママが受話器を取った。

「はい……はい、そうですか。分かりました。……です」

ママは受話器を置くと、ゆっくりと私に顔を向ける。

「手紙をくれたママの友達、亡くなったわ。心不全ですって……」

茫然《ぼうぜん》としているママの姿を、私は息を呑《の》んで見つめていた。いつの間にか、ママの身体が、白い煙のようなもので覆われている。

「もしかして、その時、最後に教室を出たのは、ママ？」

白い煙に包み込まれたママの身体は、私の目の前でゆっくりと崩れ落ちていった。

二位の男の世界　綾見洋介

綾見洋介（あやみ・ようすけ）

1984年生まれ。東京工業大学大学院修了。第15回『このミステリーがすごい！』大賞・隠し玉として、2017年に『小さいそれがいるところ　根室本線・狩勝の事件録』でデビュー。他の著書に『その旅お供します　日本の名所で謎めぐり』『Xの存在証明　科学捜査SDI係』（以上、宝島社）がある。

町田進《まちだすすむ》はドローンレーサーだった。五年前に行われた国内大会では堂々の二位だ。

不満はあった。レース中、隣に座った長谷川《はせがわ》が突然、奇声を上げた。僅《わず》かに手元が狂った。結局、そのレース、長谷川が優勝した。

それでも、大会後、スポンサーである《ソニックスカイ》から声が掛かった。ドローンエンジニアとして入社し、今は過疎地への運搬用物流ドローンを開発している。

大会には一際目を引く女性がいた。三木佳織《みきかおり》だ。少し垂れ気味の大きな目に、通った鼻筋、引き締まった顎。美人に入る顔立ちだ。

佳織は惜しくも表彰台を逃したが、森名《もりな》という大会三位の男と交際していた。

「《ソニックスカイ》に入社されたんですって？　どんな仕事をされているんですか」

今年、久しぶりに大会に顔を出してみると、不意に佳織から声を掛けられた。

「大型荷物を運搬できるドローンを開発してるんだ。レース用とは全然違うけど、社会貢献できる事業に、やりがいを感じてる」

「大型荷物って、車とか？」

「流石《さすが》にそこまではまだ無理だな。最大積載量はせいぜい六十キロだ。過疎地での配送用に役立てられればと思っているんだ」

「素晴らしいですね。私も、もう少し順位を上げられていればなあ」

佳織は羨望の視線を向けてきた。

その日を切っ掛けに、何度か食事に誘った。

何度目かの時、佳織は森名と別れたと告げた。聞けば、森名はアルバイトで生計を立て、レースに人生を捧げているらしい。こんな可愛《かわい》い彼女を手放すとは、勿体《もったい》ない。

五年前のレースの思い出話をした時だった。

「え、佳織も長谷川の声に？」

「それまでとても快調だったのよ。覚えてない？　私、一位だったんだから」

佳織は唇を尖《とが》らせた。

互いに不満を漏らしながらも楽しいひと時だった。魅力的な佳織に夢中になり、佳織もまた、町田に気があるようだった。間もなく、二人は交際した。

ある日、ドローンの展示会があった。佳織と共に訪れると、偶然、長谷川と再会した。大手企業で、災害時の被災者捜索用ドローンの開発チームを率いているという。

「偉くなったなあ。あの時の大会で一位と二位が明暗を分けたよ」

町田は苦笑しながら佳織を見た。

「ほんと、素敵だわ。流石、一位の男ね」

恍惚《こうこつ》の表情だった。

気乗りはしなかったが、長谷川を紹介してやった。自慢したかったのも、ある。

その時は二人ともぎこちなかった。しかし、しばらくして、ＳＮＳから佳織が長谷川と会っていることが判明した。二人は同じ景色の写真をアップしていた。

「おい、今日、長谷川と会ってただろ。どうして知らせないんだ」

佳織は申し訳なさそうに謝った。

「偶然、会ったのよ。今度からはちゃんと言うようにするね」

だが、その日から、佳織の連絡頻度が減った。町田から連絡を入れても応答が遅い。不審に思い、町田は会社を休んで佳織の一日を見張った。佳織が仕事を終えると、待ち合わせていたのは、案の定、長谷川だ。嬉《うれ》しそうな佳織の表情を見ると、町田の中で嫉妬の炎が燃え上がった。

内心、気が気でない町田は仕事に身が入らない日々が続いた。大きなミスを犯し、来月から開発の担当を外される事態になった。それでも、佳織のことが気になった。

俺はこんなにも佳織を愛しているのに、お前はどうして分かってくれない。

最初から長谷川が目的だったのか。俺は単なる踏み台だったのか。限界だった。

恐らく、佳織は俺と別れたがっている。別れを切り出される前に、殺す。

平静を装い、町田は佳織を誘った。

「開発品の試運転だ。良かったら、ちょっとした夜空の旅を体験してみないか」

意外にも、佳織は無邪気に喜んだ。

「わあ、それは楽しみだわ。どうすればいいの」

「一メートル四方のプラスチック製の箱がある。その箱に乗ってもらうだけだ」

箱はドローンが摑《つか》んでいる間は完全にロックが掛かり、ドローンから外れると簡単に開く仕組みだ。呼吸用の通気口が至る所にある。ちょっとした窓もあった。

その日、夜の湖で待っていると、佳織は見覚えのない車でやって来た。どうせ長谷川の車でも借りたのだろう。

「最大積載重量は六十キロだ。重量を超えると、コントローラーに注意のサインが出るが、まあ、大丈夫だろう」

箱の前で湖を往復する段取りを説明した。後は箱に乗るだけだ。

「おっけー。あ、車にスマホを忘れてきちゃった。取ってくるね」

佳織が車に戻る間、桟橋に移動する。風や波はない。飛行には問題なさそうだ。

携帯電話が鳴った。

『もう、乗ったよ。準備万端。早く飛ばして』

嬉しそうな声が響いた。今からあの世への飛行が始まるとも知らないで。

桟橋で町田はコントローラーを握った。唸《うな》りを上げてドローンが上昇する。箱をしっかりと摑んだまま、湖に向かう。

湖上に出ると、ドローンは徐々に高度を下げていった。徐々に。徐々に。

やがて、箱が水面に触れ、浸かり始める。それでも、ドローンは高度を下げた。箱が完全に水中に沈む。ドローン本体は水面すれすれを飛行している。

　間もなく佳織の命も尽きるだろう。しみじみと、佳織との思い出が頭を過《よ》ぎった。楽しい日々もあったが、後半は苦い記憶ばかりだ。結局、町田の人生は狂った。

　それにしても、佳織の真意が不明だ。森名と交際し、次いで俺、最後は長谷川に近づいた。五年前のレースで、自分より上の順位の者に、次々とアプローチしている。はたと気づいた。まさか、当時のレースを根に持っていたのか。それで、復讐を？　現に、森名はいまだ定職に就いていないし、町田も佳織のせいでボロボロだ。

　いや、考え過ぎだ。もし、そうなら、佳織が最も恨んでいるのは長谷川のはずだ。

　十分経った時、ドローンを上昇させた。箱の通気口から水がぴゅーと流れ出ていく。とにかく、上手くいった。後はひと気のない所に落として、転落死を装えば良い。

　箱が湖面から完全に姿を現わした。途端、重量オーバーを示す赤いランプがコントローラーに点灯した。町田は首を傾《かし》げた。センサーの故障だろうか。

　多少の水が加算された程度でオーバーするわけがない。佳織はせいぜい五十キロだ。ドローンを帰還させ、箱を水辺に置いた。近づいて確認しようとした時だった。近くの物陰から、ひょっこり、笑顔の佳織が現れた。

　町田は唖然《あぜん》とした。

「あら、上手くいったみたいね。これで一位の男はいなくなったわね」

アウトレットでつかまえて　くろきすがや

くろきすがや

菅谷淳夫と那藤功一の二人による作家ユニット。第16回『このミステリーがすごい！』大賞・優秀賞を受賞し、2018年に『感染領域』でデビュー。他の著書に『ラストスタンド　感染領域』。また、那藤功一名義での単著として『バイオハッカーQの追跡』（以上、宝島社）がある。

うららかな春の日だった。東京郊外のリゾート地にあるアウトレットモールを、私は晴れやかな気分で散策していた。狙っていたものを、首尾よく落とせたからだ。コロナ禍が一段落して、この施設も以前の賑《にぎ》わいを取り戻していた。もともとインバウンド需要が多いことで知られていたが、今日も日本人だけでなく、欧米やアジアから来たと思《おぼ》しき家族連れやカップルが目立つ。

　一階を歩き終えて、二階に上がってしばらくすると、

「あ、サリンジャー……」

と、背後から女の声がした。

　振り向くと、エスカレーターを昇りきったところで、色白の肌に赤い口紅をつけた若い女が、強《こわ》ばった表情で私の方を指差していた。日本、韓国、中国、いずれかの女性であろう。

　サリンジャーは、アメリカの小説家のはずだ。それともそういう名のブランドがあるのだろうか。彼女の意図がわからないままあたりを見回すと、私の後ろに、背の高い白人の男が英語の本を手にして立っていた。

　私は英語で聞いた。

「その本はサリンジャーですか？」

「そうです」

白人の男が表紙を見せる。『ライ麦畑でつかまえて』だった。世の中のすべてが気に入らないという、この小説の主人公に若い頃の私は大いに共感したものだ。サリンジャーの原書に気づくとは、先ほどの娘はなかなかのインテリに違いない。せっかくだから話しかけてみたかったが、すでに姿はなかった。足の速い女だ。

そのときだった。館内放送がかなりの音量で流れ始めた。

「緊急のお知らせを申し上げます」スピーカーから、緊迫感を帯びた女性の声が響きわたった。「先ほど当館一階の男子トイレで、男性ふたりが刺されているのが発見されました。お客様にはご不便をおかけしますが、係員の誘導に従って、ただちに建物の外へ避難してください。刃物を持った人物は、まだ館内にいる可能性があります」

生々しい内容の館内放送だった。それだけ切迫しているのだろう。

こういう緊急事態が起きたときに、日本人は落ち着いて組織だった行動をとれる。館内の何カ所かで「こちらが出口です」という店員の声が上がり、店や通路にいた客たちはいくつかの集団に分かれて、指示に従いながらモールの外を目指す。

私も集団の一つに紛れ込もうと思った矢先、強い力で左腕をつかまれた。「ライ麦畑」の白人が必死な形相で私を見つめている。

私は内心の動揺をおさえて、白人男の手を振り払おうとした。

白人男は「ソーリー」と言って両手を離すと、私に聞いた。「今のアナウンスはなんだ？　私は日本語がわからない」

私は警戒心を緩めずに、白人男に状況を説明した。

「なんだって。すぐ逃げよう」白人男が泣きそうな顔になった。「出口はどこだ」

「大丈夫だ。私についてこい」

冷静さを取り戻した私は、搬入用エレベーターが近くにあることを思い出していた。白人男を連れて、そこから出ることにした。

わずかな間に、館内から人の姿はほとんどなくなっていた。途中の通路で、ショッピングカートを歩行器代わりに使っている老婦人に追いついた。足が悪いから、みんなと一緒に逃げられなかったのだそうだ。この婦人も連れていくことにした。

さらに進むと、今度は日本人のカップルが途方に暮れた表情で座り込んでいた。二人とも三十歳前後だろうか。聞けば、ここまで逃げてきたものの出口が見つからず、彼女がパニックに陥り、走れなくなったのだという。

「大丈夫よ。深呼吸して」ショッピングカートの老婦人が、女をなだめた。「私は看護師をしていたからわかるの。ゆっくり呼吸をすれば、すぐに立ち上がれるから」

「エレベーターは、すぐそこです」私は四人に説明した。「その先の通路を入ったところにあります」

四人は神妙にうなずき、私に導かれるままエレベーターの前へ移動した。カップルの女も老婦人に介抱されて、歩けるようになっていた。モールの端まで来て緑色の丸いボタンを押すと、扉がゆっくりと開いた。

「さあ、乗りましょう」

私は扉を押さえて、四人を先に中に入れた。最後に乗って一階のボタンを押すと、扉の前に陣取った。エレベーターはゆっくりと下がり始める。

白人男はまだ大事そうに『ライ麦畑でつかまえて』を抱えていた。

「あなたの愛読書ですか？」と私は聞いた。

「たまたま妻の本棚から取ってきただけだ。読み始めたけど、まるで面白くない」

「ライ麦畑」好きの私は、不快になった。

「そう言えば、さっきエスカレーターのところで、あなたに何か言ってた女の子がいたでしょ？」カップルの女が、私に向かって言った。

「だからサリンジャーって言ったんだよ」

彼氏のほうが、スマホに目を落としたまま、馬鹿にしたように言う。

「あの子が着てたBTSのパーカー。あれ、私も欲しかったんだ」と女は続けた。

「ああ、韓国の」流行の音楽にうとい私でも、BTSが韓国出身の世界的なポップスターであることは知っている。

その瞬間、私は雷に打たれたような心地がした。「あ、そうか」

「どうしました？」カップルの男が不安そうに顔を上げたが、私は「なんでもない」とごまかした。

「あたしもね、韓国のドラマが好きなの」老婦人が聞かれもしないのに話し始めた。「特に好きなのは刑事モノ、殺人犯なんかが懲らしめられるでしょ。……あ」

老婦人は不意に言葉を切ると、はっとしたように私の顔を見た。どうやら私と同じことに気がついたようだ。

突然、私の右隣りに立っていた白人男が呻《うめ》き声を上げて崩れ落ちた。続いて左側にいたカップルの片割れの男も。エレベーターの床が血に染まった。

「なに。なんなの！」

カップルの女が甲高《かんだか》い声を上げる。私はその腹と胸にキャンピングナイフを素早く五、六度突き刺す。このナイフは小振りで取り回しがいいので気に入っている。

最後に老婦人のほうを振り返った。彼女は言葉を失い、ただ目を見開いていた。

「ＢＴＳファンの子に、一階で男を刺すところを見られたんだな」面倒だが、あの女も追いかけて始末しなくてはならない。「私も韓国のドラマが好きなんです。あなたも、気づいたようですね。サリンジャーが韓国語だということに」

私は老婦人の胸にナイフを突きたて、その耳もとにささやいた。

「韓国語では、殺人者と書いて、殺人者《サリンジャ》と読むんですよね」

運び屋の免許更新　柊悠羅

柊悠羅（ひいらぎ・ゆら）
1999年、大阪府生まれ。現在、大阪公立大学大学院工学研究科卒業。
第20回『このミステリーがすごい！』大賞・隠し玉として、2022年に『不動のセンター　元警察官・鈴代瀬凪』（宝島社）でデビュー。

無機質な部屋の中、ベルクは向かい合った男から尋問を受けていた。

「お前が子どもたちにあのブツを配ったな？　そろそろ白状したらどうだ？」

「俺は中身を知りません。渡してはまずいものだったんですか？」

男の高圧的な態度に対し、ベルクはあくまで冷静に返答する。

男は舌を鳴らしながら、ベルクの前に一枚の写真を出して指し示す。そこには、ベルクが一般邸宅に侵入している様子が撮影されていた。

「これについてはどう説明する気だ。お前が不法侵入する様子を押さえたものだ。これは立派な犯罪だ。違うか？」

「ああ、フーゴの家ですね。招き入れられたんですよ。不法侵入なんて心外ですよ」

男は呆《あき》れたようで、背もたれに体を預け、大きな溜息《ためいき》を吐《つ》いた。

ベルクはトルコ国家情報機構、通称ＭＩＴの保安情報局内にある運搬専門の極秘組織の構成員だ。組織の拠点はここフィンランドに存在するため、フィンランド国籍を有して活動している。しかし今回、フィンランド当局と思われる組織に拘束されてしまった。運搬任務の様子を撮影されたらしい。だが、何の問題もなく任務は遂行した。どこからバレたのか。

撮影されたのは、恐らくフーゴという少年の家に訪れた際のものだ。確かに不法侵入に見えなくもないが、これはフーゴの両親に許可を得て訪問した。確かに訪問時間については非常識であったかもしれないし、ブツを渡したことに間違いはないが。なんにせよ、いつまでもここで拘束されているわけにはいかない。なんとか釈放されなければ。そのためには、こちらは誠意を持って対応することが重要だ。こういう場合のケースオフィサーは嘘《うそ》を見抜くのが非常に上手い。であれば、本当のことだけを伝える。そうすれば信頼を得られる。とはいえ、何も馬鹿正直に全て伝える必要はない。都合の良い本当のことだけを話せば良い。そして、相手の隙を見る。逆に相手の都合の悪い部分を見抜けば、立場を逆転することも可能だ。そうすれば、もっと早くこの場を脱出できる。

「まあいいだろう。じゃあせっかく出会ったんだ。楽しい話をしよう。なあに、構えるなよ。世間話だ」

男はそう言いながら、今度は先ほど回収したベルクのスマホ画面を見せる。

「頻繁に連絡を取っている相手がいるよな？　このミュラ（Myra）ってやつだ。ミュラー（Muller）ならドイツ人のファミリーネームだが、ミュラは知らん。どこの国のお友達なんだ？」

「彼女です。国籍はドイツ。スペルミスかな。これは恥ずかしい」

「そうか愛《いと》しのハニーか。それは悪かったな。てっきりお前のボスかと思ったよ」

男は笑いながら冗談っぽく返すが、目には疑いの色が濃く残る。なかなか鋭い男だ。

「ところですみませんが、トイレに行かせてもらえませんか？」

「だめだ。トイレはファーストフロアにしかない。そこまでは連れていけん」

「あーそうですか……、仕方ないですね。早く無実を証明してここを出てから行くことにします」

「ああ、そうしてくれ。できるならの話だがな。諦めるときは言ってくれ。オムツを買って来てやる」

ベルクは一度溜息を吐き、今度はこちらから話を振る。調べたいことができた。

「ところでこの部屋、結構古そうですけどネズミとか出ますか？」

「ネズミ？　ああ、出るらしいぞ」

「それは困りますね。苦手なんですよ。ああ、じゃあリスは？」

「リス？　そんなもん、こんな都会に出るわけがないだろ」

「まあそうですよね、すみません。馬鹿を言いました」

ベルクは愛想笑いで返す。

今の会話で、ここが都会であることと、目の前の男がフィンランドのケースオフィサーではないことがわかった。都会であればここから脱出して逃走することは容易だ。

「すみません。今あなたを試してしまいました。謝罪します」

「ああ？　唐突に何だ？」

男は明らかに先ほどまで以上に態度が悪くなった。

「いえ、リスですよ、リス。綺麗《きれい》に発音されたので。フィンランド人はリスの発音が下手くそですから」

男が喉を鳴らす。フィンランド人はRの発音時に強く舌を巻く。そのために、Rが二回続くリスは非常に発音しにくい。だがこの男は簡単に発音した。また、フィンランドはイギリス英語に近い。一階をファーストフロアと言ったこの男は、アメリカ英語圏の人間だ。

「てっきりフィンランド当局の方と思っていましたが、NORADの方ですか?」

ベルクの質問に、男は返答を詰まらせた。無言に勝る回答はない。

NORAD、北アメリカ航空宇宙防衛司令部の略称だ。アメリカとカナダが共同運用する組織であり、ベルクが所属する組織の天敵だ。

「NORADだとすると、これは横暴過ぎませんか? 俺は一応フィンランド国民ですよ。この件をフィンランド当局は関知しているんですか? 知らないとするとまずいですよね、アメリカが国外で違法に捜査なんて、国際問題になるのでは?」

男が押し黙る。完全にこちらのターンだ。

「そもそも俺が子どもたちに渡したブツは何だったんですか? 違法性が本当にあったんですか? 不当拘束ではないですか?」

「ブツはただのおもちゃだ。違法性はない。だが、不法侵入の言い逃れはできないぞ。フーゴの父親はミサイル開発会社の役員だ。その情報を収集していたんじゃないか？」

「言いがかりですよ。その証拠は？　そんなものないはずです。俺はあくまで彼の家に行って物を渡しただけですから。運び屋ではあっても、スパイではないですよ」

決め手に欠けるのだろう。男はそれ以上の追及をしてこなかった。

「最後に一ついいですか？　これ、何かの試験だったりしますか？」

「――なぜそう思う？」

「フーゴの家に入る様子を撮影されていたので。かなり慎重に行ったため、こちらの動きを知っている上司くらいしかあれは撮影できないと考えました」

男はベルクの言葉に対し、笑みを浮かべる。やけに嬉しそうだ。

「ふふ、君は素晴らしい。将来に期待するよ。これからもＮＯＲＡＤの追跡に注意しつつ、我々ミュラの運び屋として命を懸けろ」

男は立ち上がり、拍手をする。

ミュラというのはベルクが所属する組織の俗称だ。組織の起こり、もとい初代運び屋がトルコにあるミュラという古代遺跡で活躍したとされるためにそう呼ばれる。

「抜き打ち免許更新試験は合格だ、ベルク・カヤ。これからも『サンタクロース』として、子どもたちのために励んでくれ」

八日薬師が明けて　福田悠

福田悠（ふくだ・ゆう）

1963年生まれ。京都府出身。第16回『このミステリーがすごい！』大賞・隠し玉として、2018年に『本所憑きもの長屋　お守様』でデビュー。他の著書に『前略、今日も事件が起きています　東部郵便局の名探偵』（以上、宝島社）がある。

京都府最北端にある日本海に面した小さな考古学資料館――。

七十代なかばに見える白髪の客は、受付で汗を拭いながら途方に暮れていた。

「――で、何十年ぶりに訪ねてみたら、寺は跡形もありません。集落の人に聞いてみたら、十年以上前に廃寺になってしまったそうで」

「浄眼寺《じょうがんじ》ですね。仰《おっしゃ》るとおり今はもうありません。この辺りも急速に過疎化が進んでおりまして、残念ながら廃れてしまった寺や神社はたくさんあります」

「私が知りたいのは、その浄眼寺に安置されていたご本尊――薬師《やくし》如来《にょらい》だったと思いますが――あの仏様はどこへ行ってしまったのでしょうか」

話の内容から察すると、老人は若い頃この地域に住んでいたが、都会に働きに出て十数年目に、故あって外国に渡航したまま定住し、それ以来一度も帰省することなく数十年の歳月が過ぎた。今に至って懐かしくなり、両親も知人もすでにない故郷を訪れたのだという。八神柳一《やがみりゅういち》は、こういう場合のため、すでにマニュアル化している決まり文句を口にした。

「すみませんが、こちらではわかりかねます。当館を管轄している市教育委員会の文化財保護課にお問い合わせください。課には地域の文化財を専門に調査している者もおりますので、お役に立てるかもしれません」

文化財保護課の直通電話番号の書かれたメモ書きを受け取ると、老人は礼を言って出て行った。気の毒だが、担当者は彼に情報を開示することはないだろう。柳一は、学芸員としてこの資料館に常駐している。だから老人の探している薬師如来がどこにあるのかよく知っていた。平安時代後期の作とされるその美しい薬師如来は、資料館の特別収蔵庫に保管されているのだ。

柳一の上司である黒崎《くろさき》館長は、資料館を管轄している市役所の文化財保護課の課長を兼任しているため、双方を往復して業務をこなしている。その日も朝から役所に出向いていた黒崎は資料館に帰ってきたさい、玄関から退出する浄眼寺区の奥平《おくだいら》区長とばったり出くわしたらしく、挨拶する声が聞こえてきた。

「奥平区長は、八日《ようか》薬師《やくし》の法要の件で見えたのかな」

黒崎はエアコンのきいた事務所のデスクに落ち着いて冷たい麦茶をすすった。

「はい。一週間後の八月八日の閉館後、午後四時三十分からお願いします、とのことです。今年は檀家の方七名が列席されます」

浄眼寺の場合、代々住職を務めた家系の跡継ぎが都会へ出たことで途絶え、他の寺から僧侶を呼ぶこともままならずに廃寺となってしまったが、檀家のほうは集落に何世帯か残っていて、江戸時代以前から毎年行っている法要を引き継ぐ意向が強かった。そんな経緯から、廃寺後、浄眼寺の薬師如来は資料館が引き取って保管し、年一度の法要も館内で行われることになっているのだ。

「それはそうと、昨日きみが話していた薬師如来を見たいという人のことだが、文化財保護課で電話対応した者は、『その仏像は市が引き取って保管していますが、一般の方に公開はできません』と、丁重にお断りしたそうだ。対応者は念のため、彼の住所氏名、携帯の連絡先を控えておいたそうだが」

柳一の眼が、渡されたメモ書きにくぎ付けになった。

「その人は、きみがずっと待っていた方のようだね。どうする」

八日薬師当日。資料館の入口には「閉館」の札が掛けられていたが、いつもと違ってシャッターは開いたままだった。そこから館内に入ってきた檀家たちは、ロビーに並べられた椅子に着席する。急造りの祭壇には、一年ぶりに特別収蔵庫から出された薬師如来像が鎮座し、線香の煙が薫《くゆ》っていた。近隣の寺から招かれた僧侶の読経が始まると、館長や柳一を含むみんなが一様に合掌した。


それから三時間後、人々が去った資料館の薄暗い非常灯の明かりを受けて、ぼんやりと人影が浮かびあがった。ロビーにはまだ薬師如来が鎮座している。収蔵庫に戻すのは、明日の休館日なのだろう。だとすれば、今夜やるしかない。

苦渋の決断をした老人は、持参した紙にライターの炎をかざした。

「館内は火気厳禁です。はやまった真似《まね》はおやめください」

一斉に電灯が点《つ》いたロビーには、柳一の他に黒崎館長、奥平浄眼寺区長、そして制服警官が立っていた。老人は、柳一を睨《にら》みつける。

「あんた、電話で八日薬師の情報をくれたのは、私を捕まえるためだったのか」

「すみません。ちなみにこの薬師如来が国重要文化財に認定される予定だというのも、あなたをおびき出すための方便です」

奥平区長が、懐かしそうに進み出た。

「あんたは、ケンちゃんだろ。五十年前の八日薬師の日に、奥さんと小さい娘さんを置いて村を飛び出した……」

五十年前、大型リゾート開発を目論《もくろ》む業者が浄眼寺村に目をつけ、やくざまがいの男を使って村民に立ち退きを強要した。当時、業者のひどい嫌がらせにみんなが忍耐の限界を迎えていたが、老人は、浄眼寺の八日薬師の法要にまで乗り込み刃物をちらつかせて脅す手先の男と争いになり、身体に数か所、傷を負って血だらけになった。挙句、男に体当たりして、二人とも仏像に倒れ込む。

手先の男は、はずみで仏像の台座に頭を打ち付け、流血して動かなくなった。

「普通なら、五十年前の殺人の時効は過ぎている。だが事件後に海外へ渡航していた場合はその間の年月はカウントされず、その後、時効そのものも撤廃されてしまった。だからあなたは、今でも殺人罪で逮捕されることを恐れていた」

柳一の指摘を館長が補足する。

「しかし長年、指名手配されないことを不審に思っていたあなたは、事実を確かめるため、久しぶりに帰郷した。八神君からの連絡で仏像の所在はわかったが、同時に重文認定の話も聞いた。そんなことになれば、この仏像は徹底的に調査される。仏像には手先の男のものだけではなく、倒れ込んだ時に付いたあなた自身の血痕も付着している。現代の技術をもってすれば立派な犯罪の証拠になるはずだ――あなたはそう考え、追い詰められてこんな罰当《ばちあ》たりなことを」

「連絡をくれればよかったんじゃ。あの男はな、死んでなかったんじゃよ」

その晩、村の診療所に運ばれた男はしばらくして息を吹き返し、その後、開発業者も不渡りを出して計画は頓挫したという。

「電話でいきなり事実を伝えても、あなたは自分を捕まえるための嘘《うそ》だと疑って信じないだろうと思ったもので……傷害罪の時効なら確実に過ぎていますね」

「――一応、所轄署でお話を伺えますか」

警官に連行される老人に、柳一は呼びかけた。

「お帰りなさい。おじいちゃん――孫の柳一です」

凶蜂　美原さつき

美原さつき（みはら・さつき）

1986年生まれ。大阪府大阪市出身。滋賀県立大学・滋賀県立大学大学院では環境動態学を専攻。第21回『このミステリーがすごい！』大賞・文庫グランプリを受賞し、2023年に『禁断領域　イックンジュッキの棲む森』（宝島社）でデビュー。

「お二人とも前科はありませんね。どうぞお通りください」

刑務官による本人確認と持ち物チェックが済むと、里奈子《りなこ》と京介《きょうすけ》は社用の軽自動車に乗り込んだ。京介は車を発進させ、徐行運転で刑務所のゲートをくぐる。

二人は害虫駆除会社の若手社員で、入社三年目の同期だ。

作業現場は成人矯正医療センター。医療刑務所の一つであり、専門的医療の必要な受刑者が収容されている。建屋の害虫点検については、現場担当の京介が毎月実施している。今回は屋外の植栽でハチの巣が発見されたため、異例の緊急訪問となった。

京介に同伴して里奈子がここに来るのは三回目になる。現場が刑務所と聞いたとき、凶悪犯だらけの世紀末的な無法地帯を想像したが、それは里奈子の杞憂《きゆう》に終わった。医療刑務所に来るのは、心や体に重い疾患を抱えた病弱な受刑者ばかりだ。

「里奈子。さっきも言ったけど、今日は初回作業で本格的な駆除じゃない。事務処理あるんなら、先に電車で会社に戻ってくれてもいいんだぞ」

「ああ、それは別に大丈夫。対象はスズメバチなんだし、二人いた方が安全だよ」

「お人好しなやつだな。毒餌の設置だけだし、そんな危険なことはしないぞ」

駆除対象は、危険昆虫と名高いオオスズメバチ。大きな木の内部空洞に営巣している。それも一つではなく、三本のクヌギから合計四個ものコロニーが確認された。高所に巣を作っていて駆除が難しいので、作業は数回に分けて行う予定だ。

来客用の駐車場に車を停《と》めると、京介は資材入りのカゴを荷室から下ろした。

カゴを持つ京介の手は大きく、指も太かった。昔は喧嘩《けんか》に明け暮れていたらしく、その腕っ節の強さは力仕事の多い害虫駆除の現場で遺憾なく発揮されている。

施設入口の自動ドアをくぐると、年配の男性が出迎えてくれた。総務職員の黒崎《くろさき》だ。

「今日の作業は私が立ち会います。施設内にハチが入ってくることはありませんか？」

「よろしくお願いします。よろしくお願いします」

京介が丁寧な口調で尋ねると、黒崎も穏やかな声で返してきた。

「最近ちょっと増えてきましたね。診察室の近くの通路でちょくちょく見かけます」

「承知しました。では通路の方には、忌避剤を処理させていただきます」

作業現場は刑務所の敷地内なので、移動時は施設職員が同伴してくれる。

今回の対策は、毒餌の入った容器の設置。殺虫成分の入った液状の餌《えさ》を巣へと持ち帰らせ、コロニー内のハチをじわじわと毒殺していくのが狙いだ。

侵入個体の目撃があった医療施設の通路には、忌避剤――ハチの嫌いな臭い成分が入った液剤を処理する。里奈子と京介は薬剤入りのハンドスプレーを携え、窓枠などの侵入経路となりうる箇所に液を吹きかけた。臭いがこもるかもしれないので、散布中は窓を開けて換気するように黒崎にお願いした。

オオスズメバチが相手で心配なのか、京介の撒《ま》き方はちょっとやりすぎだった。窓から離れた壁や床面の近くにも、かなり多めに薬剤を散布している。

「皆さん。受刑者が通ります。壁を向いて」

黒崎から指示が出ると、里奈子と京介は同時に足を止め、壁の方へ体を向けた。ここは医療刑務所の通路なので、診察や治療のために、受刑者が刑務官に連れられて通ることも多い。作業員は受刑者と目を合わせてはならないので、擦《す》れ違う度に、いちいち壁を向いて立ち止まるのだ。

壁に振り向く直前、里奈子は興味本位で受刑者の顔を一瞥《いちべつ》した。幸の薄そうな細身の美しい少年だった。心なしか、どこかで見たような気がする。

「大丈夫です。もう行きました。お二人とも、ご協力ありがとうございます」

受刑者が通り過ぎると、里奈子はハンドスプレーを構え直した。

ちょうどそのときだった。黒崎の開けた窓から、耳を聾《ろう》するほどの羽音と共に、おびただしい数のスズメバチが施設内になだれ込んできた。たちまち、前方の視界は砂嵐のようなハチの軍勢でいっぱいになる。

そんな馬鹿な。たった今、通路一帯に薬剤を処理したばかりなのに。

渦巻くハチの大群は異常に殺気立っていた。職員も受刑者も見境なしに群がり、大顎と毒針で苛烈《かれつ》に攻撃する。特に、黒い服を着ている刑務官が集中的に狙われた。巣を襲う天敵のクマと似た色なので、ハチたちは真っ先に攻撃対象と見なすのだ。厚手の服さえも簡単に貫く毒針で何度も刺され、刑務官たちは激しく廊下をのたうち回る。

「外へ逃げましょう。早くこっちへ」

黒崎に誘導されるまま、里奈子と京介は一般エリアへ続く扉へと向かう。そして、黒崎がカードキーで解錠した扉を抜けて、里奈子たちは医療エリアの外へと退避した。

「里奈子。車へ戻るぞ。炭酸ガス製剤を持ってきて、廊下のハチを皆殺しにするんだ」

「私は残って一匹でもハチを殺すわ。ボンベ持ってくるだけなら一人で十分でしょ」

里奈子の腰袋には小型の缶スプレーが入っている。業務用のエアゾール剤だ。強靱《きょうじん》なスズメバチには効果は薄いだろうが、たとえ少数でも駆除して被害を低減させる。

「おい、まだ閉めるな！　助けてくれ」

無数のハチに追われながら、受刑者と刑務官がこちらに走ってくる。

黒崎は迷わず先頭の受刑者を扉から一般エリアへ通した。だが、その後すぐに黒崎は勢いよく扉を閉め、金属製の鍵とカードキーでダブルロックをかけた。医療エリアに取り残された刑務官は、必死に扉をがんがん叩きまくっている。

「ちょ、ちょっと、なんで閉めたんですか。あの人も助けられたでしょ」

「すみませんね。身内を優先的に避難させるのは当然ですので。半年前に孫が癌《がん》になりまして、治療のためにうちの施設に入るって決まったときから準備してたんですよ。着替えや偽の身分証はちゃんと用意していますので、孫を外へ逃がしてあげられます」

キツネに摘まれた気分になりながら、里奈子は受刑者の方へ振り向いた。

見覚えのある顔だった。確か、三年前に歌舞伎町《かぶきちょう》で風俗嬢を七人も殺害した十九歳の連続殺人鬼だ。日本中が騒然となった事件なので、はっきりと記憶に残っている。

なぜ凶悪犯がこんなところにいるんだ。医療刑務所では死刑囚を収容しないはずだ。

「ほんま、ええタイミングで癌になって正解やな。おかげで拘置所から出られたし」

少年が愉快そうに言うと、黒崎も嬉《うれ》しそうに微笑《ほほえ》んだ。

「この子の面倒見てくれた先輩が虫にお許しくて、冬眠明けの女王バチをうちの敷地にたくさん放してくれたんですよ。おかげで、大きな巣が四個もできました」

危ない雰囲気に気圧《けお》されて身動きできない里奈子の顔を、少年が覗《のぞ》き込んでくる。

「お姉さん。ハチ誘《おび》き寄せてくれてありがとう。僕もめっちゃ怖かったで」

「そんな、誘き寄せるなんて無理よ。私たちはハチが嫌がる薬を撒いてたのよ」

「そうなん？　ハチ呼んで暴れさせるから、その隙に逃げろって先輩は言ってたけど」

まさかと思いつつ、里奈子は手のひらにスプレーを一吹きし、臭いを嗅いでみた。

濃密な甘い香り。思い出した。あるハチのフェロモンは香料と同じ成分なのだ。

「誘引剤？　めっちゃ濃く作られてる」

次の瞬間、誰かに後ろから首をがしっと摑《つか》まれた。太い男の指だった。

「だから先に帰れって最初に言ったろ」

働き者の共犯者　井上ねこ

井上ねこ（いのうえ・ねこ）

1952年、長野県岡谷市生まれ。中京大学法学部卒業。趣味は詰将棋創作で、詰将棋パラダイス半期賞、日めくり詰め将棋カレンダー山下賞を受賞、詰将棋四段。第17回『このミステリーがすごい！』大賞・優秀賞を受賞し、2019年に『盤上に死を描く』でデビュー。他の著書に『花井おばあさんが解決！　ワケあり荘の事件簿』『赤ずきんの殺人刑事・黒宮薫の捜査ファイル』（以上、宝島社）がある。

「密室なのに、凶器が見つからないだと」

平野《ひらの》署刑事課で係長の声が響き渡った。

「現場は自宅敷地に作られた物置小屋で、窓と入り口には中から施錠してあり、屋根と床下にも問題なく完全な密室状態。足跡は被害者のものだけ。凶器はカミソリの刃のようなものらしいのですが、小屋を隅々まで探しても見当たらなかったんです。状況からして自殺と思われるのですが、凶器が特定出来ないと、他殺の線を消せないという困った状況で」

大隈《おおすみ》巡査部長は弱々しく首を振りながら、最後は消えいるような声で言った。

「大隈、明日は非番だったな。それならあの人に個人的に相談してみろ。あくまで非公式に世間話という体でな」

翌日の土曜日。大隈巡査部長は世間から「訳アリ荘」と呼ばれているアパートの住民、花井《はない》朝美《あさみ》のもとを訪れた。入り口近くの花壇脇に、見慣れた花井の姿が見えた。彼女は七十歳ほどだが、泰然とした態度をしている。

大隈は中腰になると、折りたたみ椅子に座って作業をしている花井に声をかけた。

「花井さん、ちょっと相談に乗ってもらいたいんですが」

「あら、久しぶり。今日は非番かね」

花井は大隈のポロシャツ姿に視線を向けながら答えた。

「最近亡くなった柴宮淳二《しばみやじゅんじ》という男性のことをご存知ですか」

「同じ町内だから、知っているけど。柴宮さんは自殺だったんじゃないのかね」

「もうご存知でしたか。実は不可思議なところがありまして。世間話だと思って私の話を聞いてもらえますか」

「オフレコというわけね。秋の花をどうしようか思案していたところだったから、聞いてあげるわ」

「……状況的に自殺だと思うんですが。凶器が消えているんですよ。そこが問題でして」

大隈は差し障りのない範囲で説明した。

「手首を切って自殺したと聞いたんだけど、その凶器が見当たらないというわけね」

花井は腰につけたポシェットから飴《あめ》を取り出すと、口に入れた。しばらく考えていると、麦わら帽子を被り直してから立ち上がった。

「話だけじゃなんだから、その現場を見せてもらえるかい」

花井の言葉に、大隈は「それは……」と口ごもったが、思い直したようにスマホを取り出した。それから花井から距離を置くように少し歩き、係長から了解を得た。

花井は長らく小学校教諭をしていた過去があり、洞察力に優れた女性だ。過去に事件の解決を手助けしてもらったことがあり、係長や課長にも信頼が高い。

「上から了承を得たので、現場に案内します。くれぐれも余計なことはしないでください」

　念を押す大隈に花井は頷いた。

「ところで、警察は柴宮さんの自殺の動機をどう見ているんだい」

　大隅が運転する助手席から花井は話しかけた。

「三年前に奥さんを病気で亡くして一人暮らしになってから、柴宮さんは軽い鬱状態になっていたと友人からの情報がありました。家からは糖尿病や高血圧の処方薬が見つかっています。退職後始めた趣味のミステリー小説を新人賞に投稿していたらしいんですが、何年も落選が続いて、それも鬱へ拍車をかけたようです。そのあたりが動機と考えているんですが」

「柴宮さんが、私になにか面白い話がないか聞いてきたことがあったけど。なるほど、小説のネタにしようと考えていたのね。知り合いから聞いたんだけど、ああいうのは落選続きだと自分を否定されたような気分になるらしいね」

　現場に到着すると、大隈は車を停《と》め、助手席のドアを開けた。花井は車から出ると、広い庭の隅に設けられた物置小屋に眼を向けた。庭の一部が黄色い規制線で囲われていた。物置小屋は三畳くらいの大きさで、下部にはブロックや鉄骨が敷かれ、雨水が入らないようになっている。

花井は早足で小屋に向かった。あわてて大隈は後を追う。

「花井さん、小屋には入らないでください」

大隈の注意も聞かず、花井は規制線をくぐり、ドアノブに手をかけると「あっ」という声と共によろめいた。大隅は花井の肩を抱いて倒れるのを防ぐと「大丈夫ですか」と声をかけた。

「虫を踏みそうになって、態勢を崩したんだよ。大隈君ありがとう」

ドアの手前は、地面から入り口に木製の板が置かれてスロープになっている。そこに虫がいたのだろう。

「鑑識はもう終わっているんだろうから、中に入らせてよ」

花井の真剣な眼差《まなざ》しに、大隈は仕方ないというように肩をすくめ、辺りに誰もいないことを確認してドアを開けた。小屋の中は古新聞古雑誌、使われなくなった家具が詰め込んであった。建て付けの悪いドアからは隙間風が入ってくる。

「ドアは内側から番号式の南京錠、小窓も施錠してあったんです。屋根、床下、壁も精査しましたが、出入り出来るような箇所はありませんでした。凶器のカミソリ状のものも隅々まで、磁石を使ったりして調べたんですが見つからなかったんですよ」

花井は大隈の話を聞きながら、何か匂いを嗅ぐように鼻を鳴らした。

「なにか甘ったるい匂いがしないかね」

「そういえば、クッキーみたいなものが、遺体のそばに散乱していましたね。それと柴宮さんの手に糖蜜が付着していたと報告がありました」

「おかしいね。柴宮さんは町内会の集まりで、糖尿病だからと甘いものとかお酒は飲まなかったんだけど。それと、疑問が二つあるわ。一人暮らしなのに、何故母屋ではなく小屋を現場に選んだのか。どうして小屋を密室にしたのか」

「施錠したのは誰かに邪魔をされないためと思いますが、あとはわかりません」

花井は飴を口に入れ、しばらくすると満面の笑みを浮かべた「小屋を選んだのは、その構造に関係しているのよ。密室にしたのは、時間稼ぎのためね」

「何のための時間稼ぎなんでしょうか」

大隅の質問に花井は「働き者の共犯者が仕事を終えるため。そうしないと柴宮さんが作った渾身《こんしん》のトリックが完成しなかったんだろう。そうまでして謎を作らなくともいいのに。自分を否定した人に対する復讐だったのかもしれないね」

花井はそう言うと、扉の下を指差した。黒色の蟻《あり》が行列を作って、クッキーの大きな欠片《かけら》を運び出しているのが見えた。

「共犯者というのは、どういうことです」

大隈の疑問に花井は「蟻さんの巣を探すことだね。そこに糖蜜を塗ったカミソリの刃があると思うよ」と答えた。

汽笛　白川尚史

白川尚史（しらかわ・なおふみ）

1989年、神奈川県横浜市生まれ。東京都渋谷区在住。弁理士。東京大学工学部卒業。在学中は松尾研究室に所属し、機械学習を学ぶ。2012年に株式会社AppReSearch（現株式会社PKSHA Technology）を設立し、代表取締役に就任。2020年に退任し、現マネックスグループ取締役兼執行役。第22回『このミステリーがすごい！』大賞を受賞し、2024年に『ファラオの密室』（宝島社）でデビュー。

朝食を済ませて台所に入ったとき、一葉の紙焼き写真が目に入った。冷蔵庫にマグネットで留められたそれを手に取り、じっくりと眺める。私が祖父の姿を見たいと再三せがんで、ようやく数日前に母から送られてきたものだ。

右手に持っていた苺《いちご》のジャムを冷蔵庫にしまうと、スマホで祖父の家に発信した。固定電話だからだろう、母が出るまでは六コールを要した。

『あら、美咲《みさき》。どうしたの』

一週間ぶりの電話。母の声に介護の疲れはなく、妙に上機嫌だった。

「おはよう。おじいちゃん、元気？」

『もちろん。元気すぎて困っちゃうくらいよ』

「本当？　よかった。話したいな、電話替わってよ」

『ごめんね。最近はベッドから動けなくて。喉も弱ってて、声も出ないみたいなの』

「嘘《うそ》。そんな……」

ショックでスマホを取り落としそうになる。やはり、私も介護に行くべきだっただろうか。しかし、いくら私がおじいちゃん子だからといって、せっかく就いたばかりの仕事、しかも念願の出版社を退職し、住んだこともない地に移り、ましてや介護をしながら暮らすというのはやはり現実的ではない。そう考えると、祖母の死後、率先して住み込みの介護に向かった母には感謝しかなかった。

『それより、美咲』母の言葉に、思索を中断する。『あの写真、返してくれない？』

「……え？　これを返すの？　なんで？」

聞き返しながら、左手に持ったままだった写真に目をやる。写真が撮られたのは、読書好きな祖父自慢の書斎兼寝室だ。ベッドで半身を起こした祖父は、一気に老け込んだように見えた。海の男らしく日焼けした筋肉質の体は見る影もなく痩せ細り、毒でも盛られているのかと心配になるほどだ。笑み一つ浮かべず目を見開き、真顔でファインダーを見つめていた。胸元には一冊の小説、『いつか汽笛を鳴らして』を抱いている。表紙にかかった右手の人差し指がちょうど表紙の題名の〝を〟を隠す形になっていて、その指の細さに胸が痛んだ。左手はピースのかわりに、なぜか指を三本立てている。よく見ると、その手首は鬱血したかのように、微《かす》かに赤黒く腫れていた。

『あの写真、変なものが写ってるんじゃないかって、なんだか落ち着かなくて』

「変なものなんて写ってないよ。返すのはいいけど、それなら別のを送ってよ」

『あのね。簡単に言うけど、おじいちゃん、こだわりがすごいのよ。あれだって撮る前に、大掃除かっていうくらい本棚をいじくりまわすし。ちょっとでも間違えると、真理《まり》、そこじゃない。その本とその本が逆だ、って本当にうるさかったんだから』

当時のことを思い出したのか、言い募るにつれて母の声が怒気を孕《はら》んでいく。写真の中、背景に映り込んだ本棚は、著者と出版社で揃《そろ》えられ、綺麗《きれい》に整頓されていた。

しかし一箇所だけ、文庫と単行本が入り混じり、本の高さが揃っていない部分がある。『祭りの場』『花腐《くた》し』『蛇を踏む』『感傷旅行《センチメンタル・ジャーニイ》』『豚の報い』『時が滲《にじ》む朝』『異邦人』『榧《かや》の木祭り』……全て芥川賞を受賞した作品で、いずれ劣らぬ名作揃いだ。しかしなぜか、『豚の報い』だけが逆さに収められているし、受賞年順にも揃っていない。本を愛する祖父が、写真のためにわざわざ整頓したにしては妙だった。

『……美咲。美咲、聞いてる？』

「うん、聞いてるよ」

上の空で返事を返す。母の言葉は、いつの間にか愚痴に変わっていた。

『おじいちゃんの介護も大変なのよ。あれをやれ、これをやれ、って毎日うるさくて。写真を撮って送ったら、今度はむっつり黙りこんじゃって。まったく、気味が悪い』

私には甘い祖父だが、昔は妻と娘――つまり祖母と母にきつく当たっていた、という話は聞いていた。腕っぷしが強いせいか、暴力も日常茶飯事だったらしい。母の言葉の端々からは、幼い頃の恨みつらみがにじみ出ることもあって、それでも介護に行くと聞いたときには、やはり親子の情はあるのだな、と思ったものだが……。

私が黙っていると、母は『とにかく、写真は早く送り返してちょうだい。それじゃあね』と言い残し、電話を切った。

……やはり、妙な気がする。

出勤の途中、立ったまま電車に揺られながら、私はぼんやりと考えていた。

写真が送られてきたのは数日前。祖父が真理、と母の名を呼んで本を入れ替えさせたのはそう以前のことではないはずだし、毎日要求がうるさいという話もあった。しかし、祖父は喉が悪く、声が出ないのではなかったか。

昼休みに送り返そうかと鞄《かばん》に入れてきた紙焼き写真を取り出し、目を落とす。祖父の訴えかけるような目は、私に何を伝えようとしているのだろう。急速に痩せ細った祖父の体と、まるで手錠で拘束されていたかのように鬱血した左手首。そして、祖父が抱いている『いつか汽笛を鳴らして』。なぜ、他でもないこの本なのか。指で〝を〟の文字を隠したのは意図的か。左手で三本指を立てた理由は。背表紙の高さや年代がちぐはぐな本棚と、一冊だけ逆さになった『豚の報い』に意味はあるのか。

汽笛と聞いて連想するのは、漁師だった祖父が若い頃の話だ。ある霧深い夜、祖父らを乗せて沿岸を進んでいた漁船の目の前に、大型船が突然現れた。あわや激突という惨事を目前にして、祖父は慌てずに汽笛を鳴らしたという。それで、〝面舵いっぱい〟の信号を送り、互いに転回方向を合わせ、危機一髪で回避できたのだ。

「美咲よ。船乗りはな、もう駄目そうだ、ってときでも汽笛を鳴らさねえといけねえ。それが海の男の生き様……いや、死に様ってもんだ」

猪口《ちょこ》を片手に語った後、上機嫌になった祖父は簡単な信号を私に教えてくれた。

その時に教わった、世界で最も有名な緊急信号が、不意に左手の三本指と繋がった。

いつか、汽笛鳴、らして。本の題名の一部を隠したのが、平仮名、漢字、平仮名の三文字ずつにするためだとしたら。
・・・、───、・・・。
それは、〝SOS〟のサインだ。

私は写真をぐっと目に近づけ、違和感があった本棚を食い入るように見つめる。本の題名を、漢字と平仮名の符号に変換していった。逆さになっていた『豚の報い』だけは逆さのまま、スマートフォンで検索したモールス信号に当てはめていく。

アルファベットでは意味が通らなかったので、日本語を試す。『祭りの場』は『─・・─』となり〝ま〟、『花腐し』の『──・』は〝り〟、『蛇を踏む』の『─・─・』は〝に〟……。

全ての文字を当てはめたとき、全身が総毛立った。母はきっと、このメッセージに気づいたから、写真を返せと言ったのだ。もはや一刻の猶予もなかった。品川《しながわ》に着いたばかりの電車から、人をかき分け飛び降り、空港行きのホームに向かって疾走する。私の耳の中で、電車の発車ブザーが、まるで祖父の鳴らした汽笛のように響いた。

──ま、り、に、こ、ろ、さ、れ、る

平等ではないが、公平

亀野仁

亀野仁（かめの・じん）

1973年、兵庫県西宮市生まれ。1991年に渡米し、大学進学。卒業後も米国に留まり、NYにて映画助監督やCM海外撮影コーディネーター/プロデューサーとして約10年間活動。帰国後は映像制作会社、大手広告代理店勤務を経て、広告映像制作会社を仲間と共同設立、同社取締役。第19回『このミステリーがすごい！』大賞・文庫グランプリを受賞し、2021年に『暗黒自治区』でデビュー。他の著書に『密漁海域 1991根室中間線』『地面師たちの戦争　帯広強奪戦線』（以上、宝島社）がある。

『タスケテ……』

少女のようなか細い声がスピーカーから流れる。スタジオ見学の一般人が小さな悲鳴を上げた。

「すごいですね、これ」VTRが終わるとスタジオの照明が戻り、恐怖の表情を浮かべた司会者が話し始める。「これは視聴者の方が心霊スポットで撮られた投稿動画なんですが、今のは間違いなく少女の声ですよ。しかも人によって聞こえ方が違うというんです。皆さんには、どう聞こえましたか？」

司会者がひな壇を向き、おれ以外のゲストに話を振った。

「私には『ごめんなさい』に聞こえました」

「僕だけかな、『お母さん』に聞こえたのは」

「うーん、あたしにはどうしても、『助けて』にしか聞こえないなあ」

ゲストたちが次々に所見を述べる。

「それでは、元・実話系怪談師、最近になって突如、心霊現象否定論者として動画配信を始められました、金泉幸雄《かないずみゆきお》さんのご意見をうかがいましょう。金泉さん、いかがでしたか？」司会者がおれに顔を向けた。

「『助けて』と聞こえましたよ」

あっさり答えると、肯定派の連中は嬉々《きき》として口を開く。

「金泉さんも、また幽霊の存在を信じる気に――」

「『聞こえる』のと『信じる』のは全く別の話です。結論を言いますと、これはただの空耳です。聞こえ方が『助けて』『ごめんなさい』『お母さん』と、人によって違いましたよね。それが何よりの証拠です」

うんざりした表情を作り、おれは続ける。

「さっきの音が言葉に聞こえるのは、当然なんです。人間は、理解できない音を聞いた時に意味を見出そうとします。それは太古の昔に人類の祖先が野山で生活をしていた頃の名残です。近くの茂みでがさがさと音がしたら、『捕食動物の足音に聞こえる』と警戒して樹の上に逃げる。その〝空耳能力〟がなくてその場に留《とど》まった者は、それが本当に捕食動物だった場合は狩られてしまう。空耳に怯《おび》えて逃げた連中は生き残る。それが続いた結果、空耳能力のＤＮＡが、子孫、つまり我々に受け継がれたんです。空耳現象がなかったら、人類は数百万年前に滅びていますよ」

スタジオが、水を打ったように静まり返った。やがてゲストの一人、本業のお笑いよりも心霊体験のエピソードで有名になったタレントが気を取り直し、反論する。

「屁理屈《へりくつ》です、そんなの。亡くなった方の思いは形になって残って、カメラにも映るし、マイクにも声が拾われます。この世にやり残したことがあるとか、思いが強ければ強いほど霊は鮮明に現れて、霊感のない人にも見えるようになる。生きている人と見分けがつかない霊もいて、街を普通に歩いている人の中にも、実はこの世のものじゃない者がいる。これは、金泉さんご自身が以前に主張していたことですよ」

「それが誤りだと確信したので、訂正しているだけです。動画サイトの怪談チャンネルを削除して『心霊現象バスターの、真相解明チャンネル』を立ち上げたのも、そのためです。幽霊なんて存在しませんし、存在しないものは当然見えませんし、映像にも音声にも残りません」

「それにしても、どうして突然否定派になったんですか？」司会者が訊《たず》ねる。

「人々に真実を知ってもらい、世の中が、科学的な視点できちんと心霊現象を否定する〝まともな状態〟になることを望んでいるからです」永久にその状態が続けばよいと思っているわけでもないが、それは黙っておく。

番組ではその後、侃々諤々《かんかんがくがく》の議論が繰り広げられた。しかし肯定派の主張はどれもぱっとせず、おれは番組の途中から勝利を確信していた。

収録が終わり、ゲスト出演者の共同楽屋で荷物をまとめる。心霊現象肯定派――ついこの間までは互いの動画サイトチャンネルにゲストとして出演し、持ち寄った怪談や心霊映像について語り合っていた仲間たち――の、戸惑いや悲しみ、そしていくばくかの怒りが絡まった複雑な視線を背中に感じながら、おれは振り返らずに後ろ手でドアを閉めた。彼らの顔を見たくない。おれだって、辛《つら》いのだ。

電車での移動中、一か月前に登山をした時の光景を思い出して気分が悪くなる。山道に倒れる遺体。その死の原因である野生の熊が、遺体を引きずって森の奥に消える。おれは樹の陰で、がくがくと震えながらその光景を見つめることしか出来なかった。

遺体はおそらく巣穴に運ばれ、今は影も形もないだろう。しかしおれには通報することは出来ない。その事件の発覚が遠い先になることを、ただ祈るしかない。

秘密を抱えて東京に戻ったおれは、精力的に活動を始めた。

先が見えないのが不安ではある。何しろ初めてのことなのだ。しかし、不安がっている時間はない。

新宿《しんじゅく》に移動し、大手不動産業者のオフィスで担当者と打ち合わせを行う。

「これらのタワマン四戸、合計で五億五千万円になります。進めて良いですね？」

「はい、手付金は現金で払うので、すぐに手続きを始めてください」

「それにしても、もっとゆっくり選ばれた方が……他にもお薦め物件がありますよ」

「自分で住むわけではないですし。税金対策だと割り切っていますから」

打ち合わせを終えたおれは、地下鉄を使って六本木《ろっぽんぎ》に向かう。レンタルスタジオで配信動画を収録しなくてはならない。昼夜を問わず必死で心霊現象否定のネタを集め、撮《と》り溜《だ》めをし、一日一本のハイペースで発信している。

世の中の人間が心霊現象を認めなくなるよう、おれが出来ることは何でもやる。

都営大江戸《おおえど》線の車内。乗客の顔を見渡した。この中にも、もしかしたら〝同類〟がいるかもしれない。

ふと思った。この中でおれは間違いなく、金持ちの部類に入るだろう。だが、鼻高々という気分にはなれない。

貧乏人に悩みは付き物だろうが、金持ちにも金持ちなりの悩みがある。そういう観点では、この世は決して平等ではないが、公平ではある。

バブル景気の中でうまく立ち回って巨額の富を築き上げたものの脇が甘く、節税対策や相続税圧縮を疎《おろそ》かにしていたおれの父親。課せられた相続税の金額を見た時のおれの腹立ちと絶望感。いつのことになるかはわからないが、将来、それを妻や子供たちに味わわせないよう、手立てを講じなければならない。

心霊現象肯定派の顔ぶれが脳裏に浮かび、胸が痛くなる。

しかし彼らの考えや主張は、今のおれにとって都合が悪い。

登山中に熊に襲われて死んだことがいつ露見するか、いつ霊体としての自分が消えるのか終始怯えながらも、相続税を少しでも減らすために奔走する、おれのような幽霊には。

嫌われもの　遠藤かたる

遠藤かたる（えんどう・かたる）

1988年生まれ。愛媛県松山市出身。甲南大学法学部卒業。現在、化粧品メーカー勤務。第22回『このミステリーがすごい！』大賞・文庫グランプリを受賞し、2024年に『推しの殺人』（宝島社）でデビュー。

あなたの同胞がまた死んだ。【光の怪物】に殺された。

このままでは滅びる、とあなたは思う。光の怪物を倒さなければ一族に未来はない。

あなたの祖先がここに住みついて幾星霜。食料が豊富で気候の安定した地に居住地《コロニー》を築き、一族は繁栄した。平和で安穏とした暮らしだった。この暮らしがいつまでもつづくのだと疑いもなく思っていた。そこに現れたのが光の怪物だ。

全貌すらつかめぬほどに巨大な体軀《たいく》を持つ異形。光とともに現れることが多いことから光の怪物と呼ばれるようになった。光の怪物の出現によって平和はついえた。

光の怪物はとてつもなく狂暴で残忍だ。多くの同胞が殺された。何より恐ろしいのは、光の怪物は捕食のためでなく、命を奪うためだけに殺すことだ。

あなたたち一族も生き物を殺すことはある。自分が生きる糧《かて》とするために。光の怪物はちがう。やみくもに命を奪い棄てる。もっともおぞましく邪悪な行為だ。

なぜ光の怪物は、あなたたち一族を狙うのか。どうして殺戮《さつりく》を繰り返すのか。

あなたにはわからない。わかるのは、光の怪物が理解の及ばぬ生き物だということだけ。絶対に相容《あいい》れぬ存在であり、天敵だ。

幼いころ、あなたは一度だけ光の怪物に遭遇したことがある。コロニーの外を歩いていたときだ。何の前触れもなく。まばゆい光とともに怪物は現れた。真っ黒なあなぐらのような双眸は、闇よりもずっと暗かった。

光の怪物はあなたの姿を認めるや、けたたましい咆哮《ほうこう》とともに襲いかかってきた。あまりの恐怖にあなたは動くことができなかった。絶対絶命の危機。けれど、あなたは助かった。代わりにあなたの父親が犠牲になったからだ。父は身を挺《てい》してあなたが逃げる時間を稼いだ。そして、光の怪物に叩《たた》き潰された。一部始終を目撃したあなたは激しい怒りを抱いた。激情は、恐怖を凌駕《りょうが》し、燃え上がるような憎悪となった。――必ずや敵《かたき》を討つ。

父を失ったそのときから、光の怪物を討伐することがあなたの悲願となった。

そしていま、成長したあなたは光の怪物を討伐するために動き出そうとしている。

どうやって討つのか。あなたは同胞たちに作戦を伝えた。

光の怪物の居場所を特定し、こちらから攻撃をしかける。これまでは突然現れる怪物に恐れ惑い、逃げることしかできなかった。だから今度は準備を整え、怪物に先制攻撃する。まさか怪物もわれわれから攻撃してくるとは思うまい。驚愕《きょうがく》するはずだ。必ずや隙が生まれる。その不意を突いて仕留める。

この作戦ならばきっとうまくいく。光の怪物を討伐できる。怯《おび》え隠れる暮らしはもう終わりだ。ともに光の怪物を討とう。みんなの力を貸してほしい。

力を貸すものはいなかった。勝てるはずがない、無謀すぎると同胞たちは反対した。

けれどあなたは止まらない。無謀はとうに自覚している。死に急ぐ愚かものだと同胞から疎《うと》まれていることも。

だからどうした。この先ずっと怯えて暮らすというのか。父を殺した怪物に屈しろというのか。

死んでもごめんだ。絶対に打ち倒す。たとえ刺し違えても。

怪物への復讐。それだけがあなたの生きる意味だった。

あなたは単独で作戦を決行する。夜の闇に乗じて、コロニーを出発した。

まずは光の怪物を捜す。怪物は神出鬼没でどこにいるのか知れない。居場所を特定するだけでも困難だ。あなたはひたすら歩きつづけ、捜しつづけた。そして東の空が白んできたころ、ようやく見つける。光の怪物はその巨体を横にしてじっとしていた。

寝ている。またとない好機だ。逃す手はない。

はやる気持ちを抑えて、あなたは怪物との距離を詰める。じりじりと近づく。焦るな。ゆっくり。自分に言い聞かせる。

そろそろ間合いに入る。あと少しで攻撃できる。まさにそのときだった。

空気を震わせる大音声がした。なんだ。いったいなにが起きた。

混乱するあなたのそばで怪物が目を覚ます。巨体がむくりと起きあがる。

ややあってパチリと音がし、まぶしい光があたり一帯を照らした。太陽のごとき光を背にして巨体が屹立《きつりつ》している。それは光の怪物の名にふさわしい姿だった。

光の怪物の口が大きく開く。空気を切り裂くような咆哮。

あまりの恐ろしさにあなたは動けない。消し去ったはずの恐怖がよみがえる。

結局あのころのままか。父を見殺しにしたときから何も変わっていない。無力だ。

光の怪物があなたに襲いかかってくる。大木のような腕が迫る。

——いや、あのときとはちがう。あなたは間一髪で攻撃を回避した。素早く動き回ってかく乱する。怪物が狼狽《ろうばい》したように足を踏み鳴らした。

父を見殺しにしたときとはちがう。成長したあなたは新たな武器を持っている。

あなたは全速力で壁によじのぼる。怪物が叫びながら追いかけてくる。狙い通りだ。

そうだ。馬鹿みたいに追いかけてこい。もっと。もっと。——いまだ。

次の瞬間、あなたは飛んだ。幼いころにはなかった翅《はね》を広げて。成長したことで授かった武器、父親譲りの立派な翅で飛ぶ。敵めがけて滑空する。

怪物よ。われら一族の、父の恨みを、喰らえ。

玉砕覚悟の体当たりは、しかし空振りに終わった。光の怪物が情けない奇声をあげて後退したからだ。怪物はどんどん遠ざかり、そのまま姿を消してしまった。

静寂が訪れる。あの強大な敵が、一族を長らく苦しめてきた天敵が、あなたを恐れてぶざまに敗走した。

あなたは歓喜に打ち震える。ついに父の無念を晴らすことができた。もう怯え隠れて暮らすことはない。一族を救う歴史的な勝利だ。同胞たちも喜ぶだろう。愚かものだと疎まれることもない。英雄としてたたえられるはずだ。

勝利に酔いしれていると、何かが近づく気配がした。

光の怪物だ。ひたりひたりと足音を忍ばせてあなたに近づいてくる。

けれど、あなたは臆さない。あんなにも恐ろしかった巨体が、いまは無駄に図体のでかい木偶《でく》にしか思えない。

懲りないやつだ。いつでもかかってこい。あなたは悠々と身構える。

だが光の怪物は襲いかかってこない。一定の距離を保ったままだ。

どうした。来ないならこちらからいくぞ。あなたが前に出ようとしたときだ。

光の怪物が片腕を上げた。手に筒状の何かを握っている。光を浴びたそれが鈍く光った。

その瞬間、あなたの全身を怖気《おじけ》が走る。父が叩き潰されたときの比ではない。いまだかつてない恐れだ。それは遺伝子に刻まれた恐怖といえた。

あなたは逃げようとする。だが相手のほうが速い。

「ボロアパートはこれだから困るよなあ。殺しても殺しても出てくる」

光の怪物は殺虫剤をあなたに向けた。

プレゼント　平居紀一

平居紀一（ひらい・きいち）

1982年、東京都生まれ。岐阜大学医学部卒業。現役医師。第19回『このミステリーがすごい！』大賞・文庫グランプリを受賞し、2021年に『甘美なる誘拐』でデビュー。他の著書に『「白い巨塔」の誘拐』『時空探偵　ドクター井筒の推理日記』（以上、宝島社）がある。

「せめて、ナースと受付のパートさんだけでも増やせないかしら」

コーヒーカップを片手に医学レポートを読んでいる夫に、夏帆《かほ》はそういった。「やっぱり、ナースと理学療法士がひとり足りないだけでも手がまわらないもの。私も事務と午後の受付とナースエイドに赤ン坊の世話で、そのうち倒れそう」

「ぼくもこれ以上のバイトは無理だしなあ」

夫の朗《あきら》は、休診日に大きな病院の宿直バイトをしている。もちろん朗まで無理が祟《たた》ったら、遊佐《ゆさ》整形外科クリニックは立ち行かなくなる。せっかく引退する老医師から医院を譲ってもらったのだ。土地は川島《かわしま》という地主のもので、買い取ったのは借地権だけだけれど、超安値で建物も医療機器もそっくり手に入ったのはラッキーだった。

ただ、レントゲンと理学療法室のマシンは古いながらもどうにか使えるが、ＭＲＩ（核磁気共鳴画像法）やエコー検査機はリース品だった。超音波治療器や低周波治療器、レーザー治療器もそうだ。こうした機器をすべて新しくリースし直したので、毎月の支払いはかなりになる。

でも、それはまだ計算のうちだった。大誤算は、近くに建て替え予定の都営住宅だった。来年春には五百戸が入るという情報を当てにしていたのに、工事がストップしている。しかも先住の老医師がここ数年、患者を減らしていたとかで、このままでは手持ちの資金が底をつきそうなのだ。

「開業するのが早すぎたのかなあ」

「だけどこんな好条件の出物はないって、不動産会社の人もいっていたじゃないの。地主のお婆さんが腰痛持ちで整形外科医院に来てほしがっているって」

朗の家も夏帆の家も裕福ではない。ことに夏帆の実家は、三歳のとき母が夏帆には理由のわからない出奔をして、中学時代にやってきた養母とは折合いが悪かった。実家の助けは望めず、実母は行方も知れない。二人で倹約を重ねて、やっと開業したクリニックなのだ。このくらいで潰されてたまるものか。夏帆は朗に見られないように、そっと唇を嚙《か》みしめた。

チャイムが鳴った。診療室のドアを開けるとナースの後ろに大柄な若い男が四人、照れくさそうに立っている。「P大のラグビー部の選手なんですって。大事な試合が近いので、悪いところをチェックしておきたいそうですよ」

P大ラグビー部の合宿所は三つ先のブロックにある。選手は、六、七十人くらいいるだろう。あそこも地主は同じで、川島さんのお婆さんの持ち物だ。

「診《み》たところ、MRI検査は必要ありませんよ。軽い肉離れです。テーピングして消炎剤を出しておきましょう」

最初の患者に、朗が説明している。が、患者の声は困惑していた。「いや、勝てば一部グループに上がれる大事なゲームなんです。だからできるだけ精密な検査を」

次の選手も、その次の選手も、エコーだＭＲＩだと精密検査を要求し、超音波治療やレーザー治療を求めてくる。精密検査と機器治療を行なえば、クリニックの売上げは増える。朗は妙だなと思いながらも、顔がほころんだ。けれど、翌日も別の選手たちが十二人やってきて、同じように大げさな検査と治療を希望するのだった。そして翌々日も、そのまた次の日も。

五日目に、理学療法室から悲鳴が上がった。夏帆があわてて駆け込むと、どうしたわけか、頸椎《けいつい》や腰椎《ようつい》の治療に使う自動牽引機《けんいんき》が倒れて、ポールがへし折れている。まもなくラグビー部のコーチがやってきて、弁償代にと三百万円を差し出した。

「これはリース品ですから、補償がありますよ。ご心配なく」

朗が何度となく説明しても、コーチはどうしてもと札束を押しつけていった。ここまで異常事態が続くと、さすがに「うれしい誤算」などと喜んではいられない。ちょうど最後の患者が合宿所の隣りに住む老人だったので、それとなく合宿所で何かなかったか訊《き》いてみると、絶対に俺から聞いたとは言わないでよ、と話し出した。

「実はさ、監督の娘が誘拐されたらしいんだよ、五歳の麻実《あさみ》ちゃんていうんだけどね。監督の住まいは合宿所と棟続きだろ？　何でも俺んちに筒抜けなんだよ。五日前の朝だったかな、妙にうるさいから顔を出したら、麻実ちゃんがさらわれて、誘拐犯から脅迫電話が来た、ライバルチームの関係者か熱狂的なファンが嫌がらせしてるんだって、大騒ぎになってたてねえ。なにしろその要求ってのが、用意した身代金を監督が自分で全部使い果たせって言うんだから」

「え？　どういうことですか」

「だから、身代金を取るんじゃなくて、監督とチームにダメージ与えるのが目的なんだよ。ひどい話だろ。それも一週間以内にこの町内だけで使い切れって条件付きだ」

「町内だけで？　身代金はいくらなんです」

「五百万円。でも、この辺は住宅街で、買い物しようにもコンビニしかない。そこで監督が思いついたのが、整形外科さ」

あっ、と夏帆と朗の声が揃った。「でも、そんなむちゃくちゃな」

「しかし選手のケアにもなるし、ほかにどこがある？　どうにか五百万円ここで使い切ってしまえば、麻実ちゃんは帰って来るはずだし、一件落着さ」

それでコーチはあのとき強引に三百万円を置いていったのか。

「でもウチはありがたいですけど、監督さんはお困りですよね」

「なに、どうせ身代金の出どころは大家の川島さんの婆さんだよ。監督が選手時代からの付き合いだもの。泣きつかれたら、そりゃあ五百万くらいポンと出すさ」

老人を帰したあと、夏帆と朗は遅くまで話し合った。犯罪にからむからには、このままにはしておけない。明日、監督を訪ねて相談してみようということになったが、ベッドに入ってから、朗が「しかし妙だな」と言い出した。

「この医院を格安で手に入れたのも、地主のお婆さんのおかげだったよね。そして今度はお婆さんが出してくれた身代金が、監督の手を経由してぼくたちに渡された。監督自身の懐はまったく痛んでいない。もし誘拐を仕込んだ目的がそのためだったとしたら……いや、お婆さんと監督がその筋書きを書いたんだとしたら、身代金は初めからぼくたちに回すつもりだったんじゃないかな」

「でも、なんであのお婆さんが？　身内でもないのに」

「……きみ、三歳のときに出て行ったお母さんの顔を覚えている？」

ううん、と夏帆は首を振った。「私とお父さんを捨てた人だもの、家には写真の一枚もなかった」

「名前は憶えているだろう」

「たしか妙子《たえこ》だったかな。お父さんから聞いたことがある」

ちょっと待って、と部屋を出て行った朗が、息せき切って戻ってきた。手にはプリントアウトした患者カルテ。朗がふるえる指で、カルテの患者氏名と現病歴の欄を差す。主訴は「慢性的な腰痛」。氏名は「川島妙子」。

思いついて、夏帆は子どもの頃の写真アルバムを開いた。幼稚園の運動会を撮った一枚のスナップの背景に、見覚えある中年女性がひっそりと映っていた。毎週一度リハビリに訪れる老いた女性患者の、四半世紀前の顔。夏帆の目から涙が零《こぼ》れ落ちた。

鈴蘭の咲く場所　黒川慈雨

黒川慈雨（くろかわ・じう）

1984年生まれ。東京工芸大学芸術学部デザイン科中退。第17回『このミステリーがすごい！』大賞・隠し玉として、2019年に『キラキラネームが多すぎる　元ホスト先生の事件日誌』でデビュー。他の著書に『珍名ばかりが狙われる　連続殺人鬼ヤマダの息子』（以上、宝島社）がある。

○月▲日　私の「鈴蘭《すずらん》」っていう名前はママがつけてくれたものだけど、花言葉は〝再び幸せが訪れる〟らしい。それを信じてるから、ママは男をコロコロ変えるのかな。なんかピッタリでウケる。今日、新しいパパができるわよって言われた。これでもう何人目だっけ。また水商売のお客さんかな。今度はいつまで続くんだろ？
ママに言うと殴られるから黙ってたけど、夏に渡された進路希望調査、まだ出してないのはクラスであと私だけらしい。青山《あおやま》は担任だからだろうけど、うちのことをよく心配してくれる。私が浮いてることも気にして、何かあれば相談しろよって言ってくれるし。まだ若いし、女子から人気あるのも納得。私も、青山は嫌いじゃない。

私の高校進学費用はその新しいパパが出してくれるのかな？　ラッキー。

＊

△月■日　家に帰ったら青山がいた。え？　家庭訪問？　と思ったらママが、この人が新しいパパよ、って。マジ衝撃!!　いつの間に!?

＊

□月●日　ママがパパに殴られだした。思ったより早かったな。安いドラマみたいな、いつもお決まりのパターン。ママは男の人をダメにする天才だ。最近、パパが別人に見える。青山って、あんなにイヤな目つきしてたっけ？
パパがパチンコに行った後、ママが殴られた顔をさすりながら一人で泣いてた。鈴蘭の花は別名『聖母の涙』。マジウケる。

ママはただ、幸せになりたいだけなんだ。

＊

▽月◆日　ママがパパを、刺しちゃった。
学校から帰ってきたら、私も包丁を向けられて、一緒に死のうって迫られた時はマジでビビった。なんとか説得して一緒に警察に行ったのはエラかったと思う。

ママがやったこと、その相手が娘の担任で既婚者だったこと（私も初耳!!）、私もヤりまくってること（これはウソ!!）、全部広まってた。田舎って超情報化社会。

＊

盲目的な恋　秋尾秋

秋尾秋（あきお・あき）

1987年生まれ。茨城県在住。第20回『このミステリーがすごい！』大賞・隠し玉として、2022年に『彼女は二度、殺される』（宝島社）でデビュー。

彼と出会ったのは喫茶店だった。この喫茶店には窓辺にカウンター席があり、彼はいつもそこに座って本を読んでいた。知的に見えるその姿がとても魅力的で、仕事中も彼の事が頭から離れない程に私は彼を好きになっていた。

珈琲《コーヒー》を飲めない彼が女の店員にココアを頼む時には恥《は》ずかしそうにするところも、面白い本を読んでいる時に瞬《まばた》きを忘れてギュっと目を瞑《つぶ》る仕草も、窓ガラス越しにふとした時に見せるはにかむ顔も可愛《かわい》くて、それらすべてが愛《いと》おしい。

もっと彼を知りたくて、彼のSNSを探して毎日見た。SNSには友人と出かけた時の話や、喫茶店の写真を載せた投稿が多く、私の知らない彼を知る事ができるのは楽しかった。毎日が充実している彼は、とても輝いて見えた。

喫茶店ではいつも彼の隣に座った。彼はよく、本から顔を上げて窓ガラスを見ていた。だからガラス越しに目が合う事もあってすごくドキドキした。告白してきたのは彼のほうだった。隣で珈琲を飲む私に「好き」と彼が囁《ささや》いた。

ある日、彼が二日間も喫茶店に来なかった。SNSを確認したが更新されておらず、彼に何かあったのではないかと不安になった。様子を見に彼のマンションに向かう。彼と一緒に帰るのはいつも喫茶店からマンションの前までだったが、外から彼が部屋に入るのを確認して自分の家に帰っていたので部屋は知っている。

彼のマンションに着く。部屋の窓を確認するも暗かった。いないようだ。エントランスに入り、オートロックを解錠する為に鞄《かばん》から合鍵を出す。喫茶店で彼に会った時、こっそり鞄から抜いて複製しておいたものだ。もうすぐ彼の誕生日だとSNSで知り、サプライズで彼の部屋にプレゼントを隠そうと思っていた。

彼が持っていた鍵は二本あった。このうちの一本を鍵穴に差し込む。音がしてオートロックが開いた。階段で五階に向かう。夜だからか人の気配がない。

彼の部屋の前に着き、先ほどとは別の鍵を差し込んでみる。あれ、と思った。鍵が回せない。試しにエントランスの鍵を差し込んでみる。今度はちゃんと回った。どうやらエントランスの鍵と共通のようだ。

鍵をポケットに仕舞い扉を開ける。廊下の明かりで玄関に置かれた靴が目に入り、私は不安になった。中に人がいるか確認する為、耳を澄ませる。物音もしないし、冷たい室内は主《あるじ》の不在を示している。私は覚悟を決め、部屋の中に入った。

スマホのライトを点《つ》けて室内を照らし辺りを窺《うかが》う。キッチンの食洗器の中には食器が一人分、洗面台にはスキンケア用品、寝室はリーフ柄の布地で揃えられていて、壁に掛けてある服はパーカーやジーンズなど地味なものが多く見受けられた。

キッチンに戻って冷蔵庫の中を確認してみる事にした。中を見ればここ数日の動向が摑《つか》めるかもしれない。そう思って扉を開けた瞬間、中のものが飛び出してきた。無理矢理詰め込んだのだろう。私はそれを冷蔵庫の中に押し戻した。

部屋の中を見渡す。彼の気配はない。彼は今、どこにいるのだろうか。

喫茶店に来られない程に悩んでいるのなら、私に相談してくれればいいのに。そう、頭の中で呟《つぶや》いたが、彼が相談してくれる訳がないのはわかっている。

だって彼は、私の事を知らない。彼の言った「好き」は私に向けられたものではない。彼が自分の好きな人に言った独り言。それに気付いた時、私など眼中にない事を悟った。だけど諦められなくて、私は彼のストーカーをしている。

だから、このチャンスを大切にしたい。彼の悩みを私が解決すれば、きっと親密になれる。いつ彼が帰って来てもいいように、私はこの部屋で彼を待つ事にした。

朝になっても彼は帰って来なかった。彼を待ち続けるには仕事を休むと店に連絡する必要があると思った。この部屋にあったスマホを借り、風邪《かぜ》を装いわざとしゃがれた声で電話する。相手が休みを了承してくれた事に、私は安堵《あんど》した。

夜、玄関から鍵を差す音が聞こえた。彼が帰って来たのだろうか。私は真っ暗な部屋を移動して寝室の物陰に隠れた。扉が開く。顔を覗《のぞ》かせたのは彼だった。

ふと、暖房を点けていた事を思い出す。彼がそれに気付けば不審に思い、部屋に入らないかもしれない。不安になったが彼は気にする素振りもなく、電気も点けずに部屋に入ってきた。声をかけるタイミングを見計らう。彼が冷蔵庫の前で足を止めた。

今だと思い、私は寝室から出て彼の名前を呼んだ。彼がこちらを振り返る。その表情は、見てはいけないものでも見ているような顔だった。

「だ、誰だ、お前？　どうして、ここにいる」

「私、あなたの事が好きで……あなたを助けたいの」

彼は返事をせず、強張《こわば》った表情でキッチンの流し台に向かった。何をするのかと思ったら流し台の扉から包丁を取り出し、私を刺そうとした。

寸前のところで避けられたが、彼は本気だった。殺される、と恐怖した。

逃げようにも玄関側には彼がいる。私は寝室に逃げ、引き戸を閉めた。悲鳴が上がる。戸に彼が指を挟んだようだ。咄嗟《とっさ》にベッドの脇にあったガラス製の置き時計を両手で持つ。彼が寝室に入ってきたと同時に彼の頭に向かって振り下ろした。

鈍い音がした。うめき声をあげて彼がその場に崩れた。頭からは出血があり、痙攣《けいれん》したかと思うと動かなくなった。声をかけても返事はない。心臓に耳を当ててみる。

彼は死んでいた。

こんなはずじゃなかったのに。動揺しながらもどうしようかと冷静に考える自分がいた。冷蔵庫が目に入る。腐らないようにする為、彼をそこに入れる事に決めた。

ゴミ箱の横にあった四十五リットルのゴミ袋を一枚取り、冷蔵庫の中身を入れる。一枚だけでは足りなくて四枚くらい使った。袋が閉まらないからテープで閉じ、風呂場に移動させる。それから冷蔵庫の中を掃除し、彼を入れて扉を閉めた。

彼を殺してから五日が経《た》った。私と彼の新しい生活。毎日冷蔵庫を開けて「おはよう」と「おやすみ」を言う日々。ずっと彼の側にいられる。私は幸せだった。

でもあの時、彼が私の話を聞いてくれていれば、別の未来もあったかもしれない。そんな事を考えながら、私は終わりの見えている生活をその部屋で続けていた。

その日、インターフォンが鳴った。モニターに五十代くらいの女が映っていたが無視をした。しばらくして今度は玄関の鍵を開ける音がした。玄関の扉が開くとモニターに映っていた女が顔を出した。合鍵を持っているし母親だろうか。

「え、あの、どなた？　ウチの子は、中にいるのかしら」

母親は困惑した顔で訊《き》いてきた。「いる」と言ってあげたほうがいいのか、答えに迷う。黙っていると、母親は怪訝《けげん》そうに部屋の中に入ってきた。

彼との時間もここで終わりのようだ。

この部屋に入るまで、私はここが彼の家だと思っていた。でも本当は、私と彼が通う喫茶店で働く女の家だった。彼は彼女のストーカー。窓ガラス越しに目が合うのもその女を追いかけていたからで、彼が鍵を二本持っていたのもこの家と自宅の分。

彼のした事を知っても私は、彼を嫌いにはなれなかった。むしろ彼を助けたいと思った。その為には彼の共犯者にだってなった。

彼が女を殺し、冷蔵庫に死体を隠したと知っても好きだった。

廃病院　桐山徹也

桐山徹也（きりやま・てつや）

1971年生まれ。埼玉県出身。日本大学藝術学部文芸学科卒業。第15回『このミステリーがすごい！』大賞・隠し玉として、2017年に『愚者のスプーンは曲がる』でデビュー。他の著書に『ループ・ループ・ループ』（以上、宝島社）がある。

「あのときのことを思い出すと、いまでもぞっとしますよ」

大学三年生のA君は今年の夏、同じゼミのB君、Cさん、Dさんの四人でドライブに行ったという。

「免許を取ったばかりだったので、遠出するのはちょっと不安だったんです。本当は海とか見に行きたかったんですけどね」

結局B君の提案で、近くの山にある展望台へ行くことになった。観光スポットということもあり道は整備されていて、車通りも少なかったため初心者でも安心して運転することができた。そのうえ展望台の景色が思っていたよりも素晴らしく、いいドライブになったそうだ。

「帰り道にどこかで食事をしようということになって、大通りから少し外れた小さな食堂に入ったんですよ。見かけと違いメニューが豊富で、海鮮料理なんかもあって。楽しい食事でした。でも、いま思うと――」

そこで食事をしているときDさんが、このあたりに有名な心霊スポットがあるという話を始めた。

山の麓《ふもと》にある廃病院で、かつて看護師が故意に違う薬を患者に投与し、死亡させるという事件があったという。そして、そこを訪れた者が事故にあったり精神を病んでしまったという噂《うわさ》がいくつもあるのだそうだ。

「まだ午後三時くらいだったんで、行ってみようってことになったんです。俺はどっちでもよかったんですけど……」

盛り上がっているB君とは対照的に、Cさんはどこか浮かない様子だった。

「彼女、いわゆる霊感があるタイプってやつで」

まだ外が明るかったということもあり、結局B君とDさんの熱意に押されCさんも渋々承諾した。

四人は食堂を出て、その廃病院へ向かった。

「あのときそのまま帰っていれば、あそこまでのことにはならなかったんじゃないかって……」

Dさんの案内で一時間ほど車を走らせたあと、樹々に囲まれた道を数分歩いたところにその廃病院はあった。

草木に覆われた二階建ての白い建物で、外壁は汚れ窓ガラスもほとんど割られていた。

「確かに気味の悪い感じでした。そのときはまだ明るかったからよかったんですけど」

B君とDさんがはしゃぐようにして入口へ向かう。

しかし建物の前まで来たあたりで、突然Cさんの様子がおかしくなったという。

「何だか気分がよくないって言って、顔色も悪かったですね」

結局Cさんは中に入るのをやめ、車で待つことになった。

正面玄関をふさいでいたトタン板はすでに半壊していて、簡単に中へ入ることができた。

「中はずいぶん荒れていました。有名な心霊スポットらしいんで、ほかにも若い人たちがけっこう来たんだと思います」

壁にはスプレーで書かれた落書きがいくつもあった。

床は瓦礫《がれき》やガラスの破片が散乱し、錆《さ》びた医療器具やカルテのようなものまで散らばっていた。

ロビーを抜け廊下を進むと、診察室や処置室らしき部屋が並んでいた。一階を見て回ったあと三人は階段を上り二階へ向かった。

二階には長い廊下をはさみ、左右に病室が並んでいた。天井の一部が抜け落ち、骨組みがむき出しになっているところもいくつかあった。

三人は病室をひとつひとつ見て回った。壁紙は剝がれ落ち、錆《さ》びたベッドとぼろぼろになったマットレスがそのまま残っていた。

「そのとき、急にあたりが暗くなり出して」

空が黒い雲に覆われ、ぱらぱらと雨が降りはじめた。

少し前まで明るかった廃病院の中が、ゆっくりと闇に包まれていった。

「さすがにちょっと怖くなって、もう帰ろうかって声をかけようと思ったら……」

そこでA君は、さっきまで後ろを歩いていたB君の姿がないことに気づいた。呼びかけても返事はなく、雨音だけが響いていた。

あたりがさらに暗くなり、A君はスマホのライトをつけ周囲を照らした。

すると廊下の先で、Dさんが膝を抱えるようにしてうずくまり、低いうめき声を上げていた。

慌てて駆け寄り声をかけるが、Dさんはただ苦しそうにうめくばかりだった。A君は彼女を抱き起こして急いで階下へ向かった。

階段を下りようとしたとき、A君は踊り場でかがみ込んでいるB君を見つけた。

「もうわけがわからなくて、とにかくここにいたらまずいって思って」

どうにかB君を立たせ、二人を抱えるようにして建物の外へ出た。来た道を必死で
戻り車のある場所へ向かった。

ようやくたどり着き二人を車に乗せようとしたとき、中で待っているはずのCさんがいないことに気づいた。

慌てて周囲を探すと、Cさんが少し先にある木の下にしゃがみ込んでいた。A君は急いで彼女を車に乗せた。

「それからのことはよく覚えていません。夢中で車を走らせて、最初に見つけたコンビニに駆け込みました」

その後すぐに救急車が来て、三人は病院に搬送されたそうだ。


「本当に怖かったですよ」

そう言ってA君は深いため息をついた。

この話を聞いたとき、一つ疑問に思うことがあった。

なぜA君の身には、何も起こらなかったのだろうか――。

「最初は自分でもわからなかったんですけど……」

三人が搬送された病院で医師から話を聞いたとき、すぐにその理由がわかったという。

「俺、ちょっと牡蠣《かき》が苦手なんですよ。だからあの食堂で俺だけ別のものを食べたんです。もし俺まで食べてたら、どうなってたか――」

A君はそう言って目を伏せながら小さく息をついた。

「……本当に怖いですよ、食中毒って」

隣の移住家族　本江ユキ

本江ユキ（もとえ・ゆき）

1967年、青森県生まれ。日本大学大学院修士課程修了。デザイナーを経て、現在は日本語教師。第20回『このミステリーがすごい！』大賞・隠し玉として、2022年に『坊っちゃんの身代金』（宝島社）でデビュー。

お隣に三人家族が引っ越してきた。

四十路《よそじ》夫婦に小学六年生の娘がひとり。よく見かけるプチプライスの服を彼らはステキに着こなしていた。挨拶がてらにくれた菓子もしゃれている。田舎から出たことのない加奈子《かなこ》は、同世代の母親の整ったメイクに少し気後れを感じた。

「いい所ですね。空気もきれいだし、すべてがゆったりしてるというか」

「子どもをのびのび育てたくて、品川《しながわ》から移住してきました。思い切って正解です」

寂れた田舎への褒め言葉を加奈子はしらじらしく聞いていた。

居間に戻り、菓子箱を座卓に投げ置く。開けっ放しの窓から、子どもの笑い声が響いた。庭で犬を遊ばせているらしく、ショコラという呼びかけに背すじがざわつく。標準語がやたら生意気に聞こえイラつきを覚えた。ウチの次女も小六だから、あの子と同学年になる。家に遊びに来られたらイヤだなと思うも、一週間後に実現してしまい加奈子はうんざりと居間で対面した。

「お隣のモエちゃん。同じクラスで席も隣なんだよ。だから仲良くなっちゃった」

「いらっしゃい。新しいお家《うち》はどう？　ジュース、飲むかな」

「ありがとうございます。いただきます」

しつけの行き届いた都会っ子は、何もかも次女より優秀に見えた。顔も仕草もかわいらしく、幸せな先行きが憎たらしくなる。せめて転勤でやってきていたならよかったのに、移住という単語が呪わしい。これから半世紀のつき合いだと気が重く、加奈子は何とか追い出せないかと思いながら娘たちのおしゃべりを聞いていた。

「ごちそうさまでした。とてもおいしかったです」

飲み終えたコップをモエが台所まで持ってきた。加奈子は笑顔を向けるも、渡された瞬間そっと手を引く。ガチャンと割れた音にモエは驚き、ひざまずいてカケラを拾い始めた。きゃしゃな背中だが、すでにウエストラインが出始めている。母親も長身でグラマラスだ。体型まで垢抜《あかぬ》けているのだとねたましく、ガラスに向けてこの子を踏みつけたらどうなるかしらと加奈子は冷たく見下ろしていた。

視線を上げると、台所の引き戸に次女がいた。しまったと焦るも娘の顔に同調を見る。仲良さげにジュースを飲んでいたが、すでに序列を意識する年ごろだ。お隣だから自宅に招いてやったが、不快感と劣等感を覚えているのは明らかだった。

こいつら、イヤだよね。

気持ちをすり合わせてから、子どもたちを居間に戻し加奈子が破片を片付けた。涙目であやまるモエに、大丈夫と答える娘の声はやわらかい。見た目は地味だが頭は良く、嫌悪の情を気づかせるようなヘマはしないのである。

次女を使って、お隣を追い払えないだろうか。

加奈子たち親の言うことはよく聞くし、カンの良さはずば抜けている。ほんのひと言をくみ取り、先回りした手伝いが何度もあった。悪事に利用するのは気が引けるも、お隣に消えて欲しいという願いは同じだ。下手にためらうより、さりげなく許可を与えて行動させるほうが娘のストレス解消にもなる気がしてくる。

試しにと帰り際、モエのスニーカーを玄関先でほめてみた。ブランド品であることを強調すると、しばらくしてお高いスニーカーは下駄箱から紛失した。ノートを汚されるなどの嫌がらせも増えたらしい。成績上位の次女は、加奈子の願いをクラスメイト全体に浸透させてくれたようである。

「モエちゃん、なんか女子にイジメられてるみたい。欠席も多くなってきたし」

「かわいそうね。でも学校が辛《つら》いなら、お家にいるしかないのかな」

彼女の遊び相手は、ペットの小型犬だけになってしまったようだ。

犬はモエの悩みなどわからず、広い庭を楽しげに走り回る。モエにとって唯一くつろげる時間のようだが、笑顔はずいぶん控えめになった。どうせならと加奈子は犬の鳴き声を次女に愚痴ってみる。すると散歩で拾い食いでもしたのか、数日ほど動物病院に入院したらしい。

スマホで何でも調べられる時代である。ネットで強めの殺虫剤でも買ったのだろうか。我が子ながら実行力ありすぎと苦笑し、テストで満点を取ったごほうびだと千円を手渡す。素直に受け取りながらも、娘はまた犬が鳴いていると不満げに言ってくる。

殺すまでやめないつもりかと加奈子は焦り、軽はずみな指示を少し反省した。

お隣の母親は、モエの引きこもりを受け入れているようだった。

子どもをのびのび育てるための移住なのにと嘲笑《あざわら》いつつ、母親どおしのつき合いは続けた。彼女は学校の話題を避け、テンション高く田舎暮らしの快適さを加奈子に述べてくる。後悔を認めたくない強がりだろうが、彼女の粘りがモエを不幸にしているのがわからないのか。さっさとこの田舎から出ていけばいいのにと、加奈子は隣家の意固地さにうんざりしていた。

子どものための移住なら、子どものために東京へ戻ればいい。

教育だって都会のほうが優れているし、方言をマネられてもイラッとするだけ。親としても、次女にこれ以上の悪行はさせられない。マジメな優等生に戻って、小学生らしい生活を送って欲しいと思い始めていたときだった。

ある朝、久しぶりにモエが家から出てきた。登校するようだった。

担任の配慮らしく、門の先では男子児童だけが数人待っていた。都会っ子へのひいきに加奈子は反感を覚える。囲まれて歩く彼女はずいぶんと楽しげで、もう少し懲らしめたくなった。とはいえ嫌がらせのネタが思いつかない。イジメも案外、知恵が必要だと頭をかいていると次女が察したように加奈子の前に立った。

「いってきます。今日はちょっと遅くなるかもしれない」

母を見上げる目つきが妙に大人びていた。

同じ妬《ねた》みを感じたのだろうか。期待を覚えるも、冬が近づき日暮れも早くなっている。今回は具体的な指示も出せなかったし、遅い時間に何をするつもりだろうと少し心配しつつ、加奈子は家事をしながら過ごした。

夕食時、お隣の前に車が止まった。台所の窓から見ると、クラスの担任が門を入っていく。しばらくしてご主人の車が止まり、お隣の母親があわてて玄関を走り出た。二台が発車する前にただいまの声が聞こえ、心配顔の次女が加奈子に近づいてくる。

「お隣で何かあったのかな。おばさん、泣いてたみたいなんだけど」

母の返事を待つ娘は、興奮気味にスマホを握りしめていた。パスワードの共有を条件に買い与えたので、中身は確認できるはず。加奈子の視線に気づいた娘はスマホをテーブルに置き、成果を見てとばかり二階の自室に着替えに行った。

加奈子は娘のスマホにパスワードを入力する。写真アプリを起動するとモエが児童たちに囲まれた動画があった。加減を知らず全力で殴りかかる小学生の姿にスマホを持つ手が震える。倒れてからの蹴りが頭部に入って、モエはまったく動かなくなった。

まさか死んでいないわよねと怯《おび》えながら、加奈子は何度も動画を確認した。

浮気　志駕晃

志駕晃（しが・あきら）

1963年生まれ。明治大学商学部卒業。第15回『このミステリーがすごい！』大賞・隠し玉として、2017年に『スマホを落としただけなのに』（宝島社）でデビュー。同作はシリーズ化され、四作で累計100万部を超える。他の著書に『たとえ世界を敵に回しても』（KADOKAWA）、『そしてあなたも騙される』（幻冬舎）、『まだ出会っていないだけ』（中央公論新社）、『彼女のスマホがつながらない』（小学館）など。

「あなた、浮気をしているでしょ？」

助手席の里緒菜《りおな》に突然そう言われて、昌弘《まさひろ》は動揺を隠すことができなかった。

「僕が浮気をするはずがないじゃないか」

里緒菜と出会ったのは、六本木《ろっぽんぎ》のタワーマンションで開かれたパーティーだった。胸元が大きく開いた赤いドレスの里緒菜に一目惚《ひとめぼ》れをしてしまい、昌弘はその場でプロポーズをしてしまったぐらい魅力的だった。

「確かにあなたは真面目だけど、大金が入ると思っていい気になっているんじゃないの？」

付き合ってみて分かったことだが、里緒菜は〝魔性の女〟というか、男を狂わせる不思議な魅力の持ち主だった。昌弘はますますのめり込み、今やすっかり里緒菜の虜《とりこ》になってしまった。

「そんなことないよ。今だって君のためを思って、こんな山道を必死の思いで車を走らせているんじゃないか。そんな僕が浮気をするわけがないだろう」

車は暗くて狭い山道を走行していた。時々左右の草が車体に当たる音がする。真っ暗なこの山道では、ヘッドライトをハイビームにして慎重に車を運転しなければならなかった。

「そうかしら？」

里緒菜が疑いの眼差《まなざ》しで昌弘を見た。

「一体どうして、僕が浮気をしていると思うんだい？」

「助手席の位置が、いつもと違っているから」

秘書の女の子をこの車で家まで送ったことを思い出した。里緒菜は小柄だが、秘書は一七〇センチを超える長身なので、勝手に助手席の位置を変えてしまったのかもしれない。

「仕事でお得意さんを駅まで送ったんだ。助手席の位置が変わっていただけで僕が浮気をしているだなんて、ちょっと考え過ぎなんじゃないのかな」

咄嗟《とっさ》にそんな嘘《うそ》が口から出た。

「そうかしら。それにあなた、最近急にLINEを始めたでしょ」

その秘書は今時の若者なので、メールよりもLINE派だった。それをきっかけに、昌弘も、LINEを頻繁に使うようになった。

「LINEぐらい、誰だってやっているじゃないか」

「あなたは慣れていないから知らないと思うけど、LINEって着信すると勝手にポップアップで文面が読めてしまうのよ。絵文字が一杯使われた楽しそうなメッセージを、あなたのスマホで見ちゃったのよ」

「最近の若い子は、仕事でもそんなメッセージを送るんだよ」

そうは言ったが、一度秘書を注意しなければと昌弘は思った。

「お金って人を変えるっていうじゃない。今までお金がなかったからあなたは私の言うことを何でもきいてくれたけど、大金を手にした途端に若い女の子のお尻を追いかけるようになるんじゃないかと心配なの」

里緒菜が眉間に皺《しわ》を寄せる。

「そんなことないよ」

「私、あなたは口だけ調子がよくて、行動力のない人間だと思っていたの。だけど最近のあなたは、人が変わったみたいに大胆になった」

「そうだろ。こう見えても、僕はやる時はやる男だからね」

「確かにある意味あなたを見直したわ。だけど逆に心配にもなっちゃって。いよいよとなったら、私も捨てられるんじゃないかと思って怖くなったの」

「バカだな。僕が君にそんなことをするわけがないだろう。これでやっと僕たちは結婚ができる。これからは僕と君は一蓮托生《いちれんたくしょう》だ。謂《い》わば運命共同体みたいなものだ」

喜んでもらえると思い昌弘は言ったが、里緒菜の表情は冴《さ》えなかった。

「私、ふとあなたが怖くなることがあるの」

「大丈夫だよ。僕は浮気なんかしていないから。だけど男も女も同じ数だけいて同じように浮気をするのに、どうしてばれるのは圧倒的に男の方が多いんだろう。やっぱり女性の方が疑り深いのかな」

男の浮気がばれるのが二十％なのに対し、女性はたったの五％というデータもあった。男性は隠し事が下手だとか、女性の観察力が鋭いとか理由はいろいろあるだろうが、男性の浮気がばれやすいのは事実だと昌弘は思った。

「違うわよ。浮気をされる男は、パートナーの女性に関心がなくなっているからよ。パートナーに興味がないから浮気をされても気付かないし、そもそも知りたいと思わないでしょ。それは女も同じだけどね」

車内に一瞬の静寂が訪れた。

「だとすると、浮気をしているのは君の方かな」

「私は浮気なんかしていないわ。どうしてそんなことを言うの？」

助手席の里緒菜の冷たい視線が突き刺さった。

「煙草《たばこ》の匂いがしたんだ」

「煙草？」

「さっき君とキスをした時、煙草の匂いがした。僕は煙草を吸わないから、君は煙草を吸っている男と浮気をしているんじゃないのか」

里緒菜は煙草を吸わなかった。少なくとも昌弘は、里緒菜が煙草を吸っていたところを見たことはなかった。

「バカね。それはさっき、私が煙草を吸ったからよ」

「今まで吸わなかったのに、どうして急に吸うようになったんだい。そんなの絶対に怪しいじゃないか」

里緒菜は大きくため息を吐いた。

「あなたにだってわかるでしょ。もう、ストレスで気が変になりそうなの。そりゃあ煙草の一本ぐらい吸いたくなるわよ」

「じゃあ、浮気をしているわけじゃないんだね」

「もちろんよ。もしもしているとすれば、それは本気よ」

里緒菜の熱く潤んで見えた。

「もちろん、僕も本気だよ。だから君の言う通りにやったんだ」

「そうだったわね。私、あなたを疑り過ぎていたみたい。今はお互いの信頼が大切な時だから、喧嘩《けんか》なんかしている場合じゃないわね」

その時車が目的地の河川敷に到着したので、昌弘はゆっくり車を停めてサイドブレーキをかけた。

「全くその通りだよ。今は喧嘩をしている場合じゃない。まずはトランクの中の君の旦那の死体を埋めて、保険金が下りるまでは大人しくしていなくちゃならないからね」

ルーティン　越尾圭

越尾圭（こしお・けい）

1973年、愛知県知多郡東浦町生まれ。同志社大学文学部中退、早稲田大学教育学部卒業。第17回『このミステリーがすごい！』大賞・隠し玉として、2019年に『クサリヘビ殺人事件　蛇のしっぽがつかめない』でデビュー。他の著書に『殺人事件が起きたので謎解き配信してみました』『AIアテナの犯罪捜査　警察庁情報通信企画課＜アテナプロジェクト＞』（以上、宝島社）、『楽園の殺人』（二見書房）、『協力者ルーシー』（角川春樹事務所）など。

俺はルーティンに従って生きている。

朝は必ず五時半に起床し、すぐさま顔を洗い、水を一杯飲んで小用を足す。それから黄緑色のウインドブレーカーに着替えて五キロのジョギングだ。コースは決まっている。帰ったらシャワーを浴び、朝食はトーストとレタス、ミニトマト、牛乳。洗い物が済むと仕事のためにスーツを着る。ワイシャツと上着は左腕から通し、靴を履く時も左足から。電車は七時三十七分の快速に乗る。ルーティンだからだ。

そんな調子で一日にやることが細かく決まっていて、そのとおりにこなしていく。すべてのルーティンを滞りなく完遂した日は、気持ちよく眠りにつくことができる。だからルーティンが崩されると、俺は一転して不機嫌になる。

だがその日の朝に起きた事態は、さすがにルーティンを崩すべきか少々躊躇《ちゅうちょ》した。ジョギング中、いつものように公園の西口から入ると、芝生の上に若い男が倒れていた。男は首を刺されたのか血を流している。事切れているように見えた。

殺人事件だろうか――。通報しなければ。

ジョギングの記録をするため、ウェアに潜ませているスマホに手を伸ばしかけたが、すぐにルーティンについて考え始めた。通報したら第一発見者として警察から話を聞かれる。いつ帰されるかわからない。今日はまだ始まったばかりだ。そんなことになったらすべてのスケジュールが狂い、ルーティンがこなせなくなってしまう。

シャワーも浴びられないし、朝食も食べられない。出勤すらできないかもしれない。考えただけで頭がおかしくなりそうだ。

周囲を窺《うかが》った。誰もいない。目立つ場所に倒れているんだ。誰かが通報してくれるはず。それも数時間後とかではなく、五分とか十分とか、そのくらいの近い未来に。

もう三分ほどロスしている。早く帰ってシャワーを浴びなければ。

俺は普段よりハイペースで走りだした。三分のロスを挽回《ばんかい》するために。

その日の夜、俺が食後のストレッチをしていると、インターフォンが鳴った。ルーティンを中断したくないから無視したが、幾度も音が響く。仕方なく玄関のドアを開けた。するとスーツ姿の男が二人立っている。彼らは警察署の者だと名乗った。

今朝のことなどすっかり忘れていた俺は、むしろストレッチの邪魔をされてカチンときて、「こんな時間に何ですか」と半ば憤りながら問いかけた。

「今朝、公園で若い男性の遺体を見ましたね？」

年嵩《としかさ》のほうの刑事が訊《たず》ねる。俺はようやく朝のことを思い出した。

「酔っ払いと思って、やり過ごしたんですよ。あの人、死んでたんですか」

認めると長引くと思い、咄嗟《とっさ》に嘘《うそ》をついた。早くストレッチの続きをしたい。

「首から流血している人を覗き込んでいたんですから、酔っ払いとは思わないでしょ」

「私のことを見ていた人がいたんですか。疑うなら、その人を疑うべきでしょう」

「その方が通報してくださったんです。黄緑色のジャージを着た男性が、倒れている人を覗《のぞ》き込んでいるところを見た。そのジャージの男性が殺したのかと思って、怖くて声をかけられなかったと」

「細かいことですが、ジャージじゃなくてウインドブレーカーです」

「どうして言い直すんですか？　やはりその男性はあなただったと」

「一般論として別物だから訂正しただけです」と、俺は苛立《いらだ》ちながら言い返した。

「ジャージというのは証言のままです。まあ、素人には違いがよくわかりませんから」

「あの時、誰もいなかったんですよ。その人の証言がおかしいのでは」

「怖くて茂みの陰に隠れていたそうです。ジャージの男性はきょろきょろしていたとも仰《おつしや》っていました。わざわざ周囲を確認したんですよね。何のために？」

「急いでいたんです。あの場所なら誰かが通報するだろうと思っただけですよ」

刑事の目が鋭くなり、「通報しなければいけない状況と認識していた？」と訊《き》いた。

「それは……。酔っ払いが芝生を占拠していたら通報するでしょう」

「ちょっと署まで来てもらっていいですか。任意聴取ですが、断ると後々厄介ですよ」

「そんな。まだストレッチの途中なんですよ」

二人は顔を見合わせたが、年嵩の刑事が「お忙しくはないようですので、行きましようか」と言った。

俺は逮捕された。これは冤罪《えんざい》だ、と主張しているのは俺だけだった。他に怪しい者は発見されず、結局俺が犯人の身代わりになったのだ。

だが拘置所の生活は、そう悪いものではなかった。起床と就寝時間、三度の食事の時間は決まっている。これはルーティンだ。そんな拘置所での暮らしに慣れてきた頃、懲役十一年の刑が確定し、刑務所に移送された。

刑務所の生活は拘置所以上にルーティンそのものだった。起床時間は六時四十五分で、点呼を取ってから朝食。食後に作業場に移動して着替えと身体検査があり、八時から刑務作業が始まる。俺が担当したのは椅子を作る木工作業だ。決められたサイズの椅子を工程に沿って組み立てていく。俺に向いた仕事だった。

十時から運動する時間が設けられており、十時半に刑務作業に戻る。十二時に昼食で、十二時四十分には再び刑務作業が始まる。こんな具合で一日のスケジュールが完全に決められているのだ。

刑務官たちは時間に厳しく、乱す者がいると機嫌が悪くなる。俺は彼らの気持ちがよくわかっているから、誰よりも時間に正確に行動するように努めた。

刑務所での生活は快適で理想的だった。充実すらしていた。

だから模範囚として九年目に仮釈放となった時、俺はそこで初めて絶望した。

「仮釈放、おめでとうございます。しばらくは保護施設で過ごしていただきますが、これからの暮らしが軌道に乗るよう、私も支援いたします」

保護司の初老の男が、喫茶店のテーブルの対面で微笑《ほほえ》んでいる。俺の頭には話がなかなか入ってこない。すると彼が励ますように言った。

「しっかりと生活リズムを整えていきましょう」

「整える……」

そうか。絶望など無意味だ。またルーティンに従った生活を取り戻せばいいじゃないか。すぐにでもできることだ。

「少し町を歩きたい」と言って、保護司と別れた。ひたすら歩いて目当ての店を探し回る。三十分ほどかけてやっと見つけた。ホームセンターだ。

入口の近くで荷出しをしていた中年の女性店員に売場を聞いた。彼女は笑顔で「それでしたら」と応じ、俺を連れていく。

「お探しのものはこちらになります」

「ありがとう」

俺は売場にある出刃包丁をパッケージから取り出すと、そのまま彼女の首を刺した。

出来損ないのミステリ小説　日部星花

日部星花（ひべ・せいか）
2001年、神奈川県厚木市生まれ。お茶の水女子大学卒業。2019年に「DEATH★ガール！」で第2回青い鳥文庫 小説賞金賞を受賞。同年、第17回『このミステリーがすごい！』大賞・隠し玉として『偽りの私達』でデビュー。他の著書に『袋小路くんは今日もクローズドサークルにいる』『光る君と謎解きを　源氏物語転生譚』（以上、宝島社）など。

「だからねぇ、中田《なかた》さん。前回話した原稿についてなんですけど。内容、ちょっと分かりにくくないですか？」

担当の深山《ふかやま》が、目の前の席に着くなり、開口一番文句を言った。この前打ち合わせした、僕が書いているミステリについての文句だった。

僕はむっとして、目つきの悪い担当にも怯《ひる》まず、反論する。

「そうですかね。結構、しっかりしたミステリにしたつもりだったんですけど。ちゃんと読んでくれました？　あとお茶、くれませんか」

「ふん……ちゃんと読んでくれた、ねえ……」

深山は無機質なテーブルの下、見せつけるように足を組む。

──不機嫌そうな声に横柄な態度。僕が大した実績もない小説書きだからって、見下しているのだろう。現に、打ち合わせの時間だって、長いばかりで一向に話の内容は進まない上に、深山は茶すら出さないどころか、リクエストすらスルーだ。

僕のミステリ小説に興味を持ったと言って声を掛けてきたのはそちらからだったというのに、本当に酷《ひど》い応対だった。

……確かに僕は三十にもなって定職にもつかず、細々と読まれない小説を書き続けている男だ。世間的には褒められた生き方ではないとはわかっているが、僕は自分がいつか必ず究極のミステリを完成させ、ベストセラー作家になる人材だと心の底から信じているのだ。

今回だって、僕の書いているミステリは、渾身《こんしん》の作品だった。完成させれば、必ず名作と呼ばれるミステリになると、そう確信していた。

だから、あんたたちとて、それを書籍化したくて声を掛けてきたんだろうに。

「まあね、大まかなことはわかるよ。第一章から第三章まであって、第一章では一人、第二章では六人、第三章では七人が殺されていく。第四章以降は解決編だが、まだ執筆途中。まあつまり紙面で十四人が殺されたってわけだ」

「そうです」

被害者は全員若い女性。殺され方はきっちり統一されてはいないが、その代わりに十四人の女性の死体は必ず笑顔、という共通点がある。読者には明らかに連続殺人事件だとわかるのに、作中の警察はなぜかその十四件の殺人を連続殺人事件とはせず、一つ一つの事件を個別に捜査して犯人を見つけ出せず右往左往するのだ。

第三章まで書き終えてあり、第四章以降で解決編を書くつもりだ。構想はできている。警察がなかなか連続殺人事件としなかったのは、全ての事件が別の都道府県で起きた事件だったからだ、とわかるのだ。県境を越えると警察は連携が非常に鈍いというのは刑事ドラマでもよく知られた話である。

「第一章は北海道、第二章は東北地方六県、第三章は関東地方一都六県。それで十四件の殺人。本当は、犯人は四十七都道府県で殺人を犯すつもりでいた。でも、東京管内で起きた事件で連続殺人だとようやくバレて捕まってしまった……まあ、よく考えられた事件だとは思いますよ」

「でしょう？」

犯人の殺人描写や、遺体の凄惨《せいさん》な様子の描写にも自信がある。ミステリとしてだけでなく、『ヒトコワ』的なホラーとしても、濃密なものになっている自負がある。

そう言うと、深山は不機嫌そうな顔のまま「それはそうだけどね」と足を組み直す。

本当に態度が悪い。僕は眉間に皺《しわ》を寄せた。人を舐《な》めているにも程があるだろう。

「それなのにどこが『分かりにくい』って言うんです？」

「ほら、あー、人がね？　書けてないっていうかさ。わかりにくくないですか？　特に犯人の動機」

「動機？」

「なんで北海道から南下して殺人してくんだよって。オホーツク海気団かよって。そういう疑問を、読者に残しちゃ駄目なんじゃないの？　あとさあ、なんで若い女性ばかり殺したんだよ。理由があるだろ」

わかってないいな。こいつ編集者のくせに、ミステリを読んだこともないのだろうか。

僕は溜息《ためいき》をついて、「そのへんは二の次でしょう」と肩を竦《すく》めた。

「北海道でも沖縄でもいいんですよ。はじっこから順繰りに事件を起こしていった方が、なんか、いいでしょう。それに被害者は若い女性の方が、映像化とかされたときに『映える』じゃないですか」

「映像化ねえ」

「それに動機って言いますけど、猟奇殺人鬼といえば殺人の動機はだいたい決まってます。殺すのが楽しいから、殺してみたいから。それだけですし、その方が『らしい』でしょう？　そこにこだわって描写するつもりはないです」

そう言えば、深山が嫌そうに眉をひくつかせた。舌打ちでもしそうな顔に、僕は目の前の担当編集を睨《ね》めつける。

さっきからこの男は、一体何がそんなに気に食わないのだろう。

「……深山さん、ずっと思っていたんですが、さっきから態度が悪くないですか？　僕のこと見下すのもいい加減にして下さいよ。ずっとこのままの態度なら僕にも考えがあります」

「……そりゃ怖いな。考えがあるって、何をする気なんです？」

「それは……」

つい口をついて出たが、具体的な考えはなかった。脅すようなことを言っても、僕は野蛮なことは苦手なたちだ。

一瞬悩んで、「そうだ」と僕は顔を上げた。

「そうですね……小説の中であんたを殺してやる。なるべく惨《むご》たらしくね。さすがにそういうことをされたら、心臓強そうなあんたといえど嫌な気持ちがするでしょう」

「はぁ」

嫌な顔をするかと思いきや、深山は馬鹿にしたように笑っただけだった。

「――無理だよ。あんたはもうミステリ小説なんか書けない。この先ずっとな」


中田を残して狭い部屋から出てきた深山に、部署に入ってきたばかりの新人が「先輩」と寄ってきた。

「どうでした？　ヤバめな作家様との打ち合わせ。うまくいきました？」

「まあなんとか、聞きたいことは聞けたがな。最悪の時間だったよ。自分をいっぱしの作家だと思い込んで、作家扱いしないと話すらろくにしねえ」

取り調べに茶なんか出るわけねぇのにな。深山は吐き捨てる。

「自分の犯した十四件の殺人を小説の中の出来事だと思い込んでる、いかれた殺人鬼なんかによ」

田中突然死回避計画　三日市零

三日市零（みっかいち・れい）

1987年、福岡県出身、埼玉県在住。慶應義塾大学卒業。第21回『このミステリーがすごい！』大賞・隠し玉として、2023年に『復讐は合法的に』（宝島社）でデビュー。

三月九日、卒業式後の教室で俺は開放感に包まれていた。隣の席の田中《たなか》は晴れやかな表情でスマホをいじっている。

そう。無事に今日を迎えるまでは本当に大変だった。文字通り、死に物狂いだった。何せ俺は――田中を死なせないため、実に十二回も試行錯誤を繰り返していたのだから。


異変が起こったのは三月一日、ホームルームの時だった。俺たちは突然、担任からクラスメイトの田中の死を知らされた。居眠り運転の車に轢《ひ》かれての事故死――壮絶な最期にクラスじゅうがざわついた矢先に、俺の視界はぐにゃりと歪《ゆが》んだ。

気がつくと、場面は年明け、始業式直後の教室になっていた。冬休みの旅行がどうとか就職先がどうとか、聞き覚えのある会話が耳に飛び込んでくる。慌ててスマホを見てみると、日付は一月九日。友人たちに話を振っても、いつも通りの反応だった。

どうやら、この異常事態を認識できているのは俺だけらしい。

もしかして、漫画でよく見る『タイムリープ』というやつだろうか。だとしたら何か原因があるはずだ。検証してみて判明したのは、三月一日に発生して必ず一月九日に時間が戻ること、物理的な記録は残らないが自分の記憶は残るということ。俺は三回目のループでやっと原因――田中の死に思い至った。

田中が死ぬのは決まって二月二十九日だった。まるで神の意志がそうさせるように、田中は必ずその日に命を落とす。死因は事故がほとんどで、駅のホームから転落したり、通り魔に襲われたりするパターンもあった。

俺は翌日のホームルームでそれを知り、途端に時間が巻き戻る。そして再び一月九日からの毎日が始まる……というのがお決まりのパターンだった。

原因に当たりを付けてからの方針はシンプルだった。とにかく二月二十九日に田中が死なないよう守る。四六時中見張るでも、最悪、事情を話して田中を軟禁するでも良い。突拍子もない話を信じてもらえるかはわからないが、田中はウチみたいな田舎の高校の中では一番頭が良いし、何とかなるだろう。

だが、俺の目論見《もくろみ》は甘かった。

田中にタイムリープの話をしようとすると、まるで金縛りに遭ったように声が出なくなるのだ。文字で伝えようとすると、今度は手が動かなくなる。

要するに『田中本人に協力を仰ぐのは禁止』ということらしい。認識していた法則に、また新たな一文が追加された。

結局、俺は「田中の家の前でストーカーのように見張る」という方法を取るしかなかった。毎回、田中の死を回避できるよう知恵を絞ってはみるものの、今のところは全て空振りだ。その間も、田中は工事現場の落下物に巻き込まれたり階段から足を滑らせたり、様々な原因で死に続けている。クラスメイトの死を何度も経験するのは、時間が戻るとわかっていても気分の良いものではなかった。

終わりの見えないループは俺の精神をも徐々にすり減らしていった。鬱陶しい担任の態度も、それに拍車をかけた。

日頃から「クラスは運命共同体」を主張する担任は、毎回毎回、田中の死をやたら大袈裟《おおげさ》に悲しんでいた。理想通りにいかなかったと愚痴り、俺たちのクラスでの日々全てが無価値だったかのように嘆く発言は、無神経を通り越して滑稽ですらあった。

どんなに田中の死を悼んだところで、問題は何も解決しないのだ。一刻も早く不条理なループを抜けだし、未来へ踏み出さなければならないというのに。

十一回目のループで、今度は別の異変が起こった。Xデーから一週間前、二月二十二日のことだ。最寄り駅で電車が大幅に遅れ、大学受験に向かう途中の田中も遅延に巻き込まれてしまった。結果、田中は第一志望の試験を受けられず、浪人が決まった。

二月二十九日、確かに田中は家から一歩も出なかったが、代わりに部屋で首を吊って死んでいた。自殺の可能性まで考慮に入れなければならない——翌日のホームルーム、いつもの担任の嘆き節を聞き流しながら、俺はどう足掻《あが》いても逃れられない田中の死の運命を呪った。

迎えた十二回目の二月二十二日、またしても電車は遅れていた。俺が駅前で待ち構えていると、田中が顔面蒼白《そうはく》で駅舎から飛び出してくる。

俺は田中をとっ捕まえると、ロータリーに駐めていたバイクの後ろに乗せて走り出した。試験会場までは一時間半、急げば充分間に合う。

混乱していた田中も少しは落ち着いたのか、道中でしきりに俺の背中に礼を言っていた。事前に調べておいた道を突っ走り、何とか時間通りに会場まで送り届ける。

これで田中が自殺する理由はなくなるはずだった。試験に落ちる可能性はまだ残っているが、それは俺の力ではどうすることもできない。

一週間後、祈るような気持ちで田中の家を見張っていると、田中は鼻歌を歌いながら出てきた。駆け寄って尋ねてみると、返ってきたのは笑顔とピースサイン。

翌日、あの陰鬱なホームルームが繰り返されることはなかった。俺はようやく、自分が地獄のループから抜け出せたことを確信した。

外の桜も見飽きた俺が声をかけると、田中は得意げにスマホの写真を見せてきた。春から住む東京の物件らしい。今更ながら、こいつが生きて新生活を迎えられることが奇跡のように思えてならなかった。

担任が教室に入ってきた。皆が席に着き、最後のホームルームが始まる。

「みんな、卒業おめでとう。自分にとってもこのクラスは初めての担任だったから、全員でこの日を迎えられて嬉しく思う」

最後の最後まで、芝居がかった言い回しだ。室内に響くクスクス笑いは無視して、担任は続ける。

「クラスというのは、担任も含めて一つの共同体だ。誰か一人が欠けても成立しない。卒業しても、このクラスで過ごした日々を忘れないでくれ」

ぼんやりと「共同体」という単語が聞こえてきた瞬間、俺の背中を氷のように冷たい感覚が走った。

ひょっとして俺は――とんでもない思い違いをしてるんじゃないか。

「そうそう、田中は進学だったな。東京で悪い女に騙《だま》されるなよ」

担任の軽口に、田中がふざけて敬礼を返す。俺は脂汗を浮かべながら、必死に思考を巡らせていた。

俺は本当にループから抜け出せたと言い切れるのか。大体、原因が本当に田中の死であるなら、当日ではなく翌日にループが起こるのはおかしいだろう。

「寂しくなるなぁ。こんなこと、晴れの日に言うべきじゃないけど……」

田中の死の翌日に、いつも起こっていたこと。ホームルームで必ず担任が言っていた、毎回聞き流していたあの言葉は確か――

「もう一度全員で、このクラスをやり直せたら良いのになぁ」

加狩博士の館　猫森夏希

猫森夏希（ねこもり・なつき）

1989年、福岡県生まれ。福岡大学卒業。第17回『このミステリーがすごい！』大賞・隠し玉として、2019年に『勘違い　渡良瀬探偵事務所・十五代目の活躍』でデビュー。他の著書に『ピザ宅配探偵の事件簿　謎と推理をあなたのもとに』（以上、宝島社）がある。

「どうにかしなけりゃ、俺たちもあいつらと同じ運命だ」

サンゴが豚鼻をひくひくさせながら言った。視線の先は窓の外。庭にある四角い建造物。そこは焼却場であり、我々被験体の墓場だと言われている。今朝も仲間が一人、連れていかれたところだった。

不安の表れか、サンゴは蹄《ひづめ》で床をカッカッと小刻みに叩《たた》いていた。

豚の耳と鼻、そして下半身。身体の一部が豚でできている。異種移植の医療技術と、加狩《かがり》という科学者の狂気が生み出した異形。

外観はただの古びた洋館にしか見えないこの建物は、その実、年老いた科学者の実験場だった。おそらく日本のどこか山奥なのだろう。詳しく知らないのは、私が眠らされてここに連れて来られたからである。サンゴも同じようにこの館に来たと言っていた。彼の話によると、被験体たちは皆、脛《すね》に傷のある者ばかりだという。消えても誰も探さない。そういう人選なのだろう。私も彼らと似たような経歴だった。

「こんなところで死ぬわけにはいかねえ。逃げねえと」サンゴが腰の辺り、火傷《やけど》で爛《ただ》れたような人と豚の境目をぼりぼりと掻《か》きながら言う。出来物が痒《かゆ》いのだ。

私も尻が痒かった。尻尾《しっぽ》の生え際が膿《う》んでおり、薬を塗っても一向に収まる気配がなかった。この鱗《うろこ》で覆われた尻尾は大型の爬虫類《はちゅうるい》のもののようだった。床まで伸びており、砂袋を引きずっているように重く、ただただ邪魔でしかない。

「逃げるったって、どうやって」と私は言う。何度も繰り返してきた問いだった。

館の外は高い塀で囲まれており、庭には猟銃を携行した警備員がうろついている。ここは陸の孤島。入ったら最後、出られない。刑務所の中のほうが幾分マシだった。

「だから上に逃げればいいじゃんって」

そう言ったのはナナだった。バサバサと風を切る音。背中には猛禽類《もうきんるい》を思わせる茶色い翼が生えている。身体に比べて小さく、とても飛び立つことなどできそうにない。それでも彼女は、毎日羽ばたく練習をする。いつの日か空高く飛べるように。

「お腹すいたー、チキンが食べたい。揚げたやつ」とナナが能天気にぼやく。私とサンゴの重苦しい空気に嫌気が差したらしい。

そんな彼女の希望が叶《かな》うことはないだろう。食事は博士が用意した完全栄養食しか出てこないのだ。ドッグフードのような乾物で、美味《おい》しいものではなかった。

知能テスト、体力テスト、体調報告、食事、排泄《はいせつ》、洗体、睡眠。それ以外、私たちにできることはない。できることといえば、唯一自由な行動が許されている館内で、こうして外の世界に思いを馳《は》せることぐらいだった。

「俺はビールだ。キンキンに――」

そのとき乾いた破裂音が響いた。それから、甲高《かんだか》い絶叫。

「銃声か？　研究室のほうからしたぞ」とサンゴ。

私たちは部屋を飛び出て、音の鳴ったほうへ向かった。

廊下の先、見えてきた研究室の扉が開いている。

顔に入れ墨のある警備員が一人、出入り口に立っていた。私たちの足音に気づいてこちらに猟銃を向けると、「来るんじゃねえ！　バケモノが」

私たちは立ち止まり、「いったい何が」と問う。不審な態度でいると引き金を引かれかねない。

「お前がやったのか」と入れ墨が研究室内を顎で指す。

実験動物たちがパニックを起こしている。叫び声や檻《おり》を揺さぶる音が騒がしい。手術台のような場所から落ちた器具が床に散らばっている。書類棚が倒れ、床が紙で溢《あふ》れていた。そうした混沌の中、白衣の老人の横たわる姿があった。加狩博士だ。苦悶《くもん》の表情のまま、ピクリとも動かない。その首に、痣《あざ》のようなものが見えた。

「わたしらじゃないって」とナナが声を上げる。「ずっと部屋にいたし」

「野崎《のざき》の声がした。どこだ」と入れ墨。野崎とは警備員の一人だ。先ほどの絶叫は、その野崎のものだったらしい。

「あ……」とナナが左手を上げようとし、その腕をサンゴが無理やり下ろした。入れ墨の後ろを、黒い影が横切っていくのが見えた。

私たちの目線に気づいた入れ墨が、後ろを振り向こうとした瞬間、黒い塊が彼に飛びついた。塊は、その鋭い牙《きば》で入れ墨の肩に齧《かじ》りつく。

それは熊だった。胸に白い模様。ツキノワグマだ。どうやら実験動物として飼われていた一頭が、檻を抜け出したらしい。

「逃げるぞ」とサンゴが来た廊下を引き返す。

「熊がやったの」とナナが訊《き》くと、「だろうな」とサンゴが答えた。

「いやでも、博士の首には痣があったぞ」と私。紐《ひも》で絞めたような痕だった。

「そんなことはいい。考えてる場合か」サンゴはそのまま館の出入り口に足を向ける。

外に出るつもりのようだった。確かに今が千載一遇、こんな機会は二度と来ない。

私たちは入れ墨の断末魔を背に、館の外に飛び出た。

「止まれ！　動くな！」

もう一人、外で待機していた警備員が猟銃を構えて立っていた。

サンゴは止まらない。咆哮《ほうこう》を上げながら、身体ごと突っ込んでいく。

銃声が庭に響いた。百八十キロの身体が、警備員を塀まで吹き飛ばす。

「いやっ！」とナナ。

見ると、サンゴの眉の辺りに、小さな丸い穴が開いていた。そこから、どろりとした血が流れ、首から胴体へと伝っていく。

私とナナの呼びかけに、彼はもう応えてくれなくなってしまった。

私たちは立ち上がり、走った。門を乗り越え、森の中をただひたすら真っ直ぐ走った。追手はすぐにやってくる。できるだけ速く、できるだけ遠くへ。

「考えてたんだ」と私は走りながら言った。「博士は首を絞められていた。やったのは熊じゃない」

「サンゴでしょう。嘘《うそ》なんか吐《つ》いて」とナナ。わかっていたらしい。

犯行は、私たちが寝ている夜明け前に行われたのだろう。熊を檻から放したのも彼だ。サンゴは冷静だった。館から出ることにも躊躇《ちゅうちょ》がなかった。初めから混乱に乗じて逃げるつもりだったのだ。博士の死も熊の仕業だと嘘を吐いたのは私たちのため。彼が殺人犯になるということは、そのまま私たちが殺人犯になるということだ。だから嘘を吐いた。

「どこに行くの」とナナが訊く。

「揚げたてのチキンと、キンキンに冷えたビールがあるところはどうだ」

息切れ混じりに冗談を飛ばしていると、森が開け、道路に出た。この道沿いに降りていけば街に出られるだろう。

サンゴの頭がぐらぐらと揺れている。

山道のアスファルトに、三つ首のキメラの影が映った。

馬田鹿太郎先生　柏木伸介

柏木伸介（かしわぎ・しんすけ）

1969年、愛媛県生まれ。横浜国立大学教育学部卒業。第15回『このミステリーがすごい！』大賞・優秀賞を受賞し、2017年に『県警外事課クルス機関』でデビュー。他の著書に『起爆都市　県警外事課クルス機関』『スパイに死を　県警外事課クルス機関』（以上、宝島社）、「警部補　剣崎恭弥」シリーズ（祥伝社）、『ロミオとサイコ　県警本部捜査第二課』（KADOKAWA）、『革命の血』（小学館）など。

わしの名は馬田鹿太郎《うまだしかたろう》。政界のドンである。

政府与党最大派閥のリーダーであり、実質的に党そのものを取り仕切っている。ちなみに総理大臣の経験はない。首相だの官房長官だのという役職は、下っ端のパシリがやるものだ。真のリーダーは陰から国を差配するのである。

この国に、わしに逆らえる者など存在しない。すべての愚民どもは、わしの下僕だ。国民とは人生のすべてを、権力者へ貢ぐことだけに喜びを感じる奴隷と考えている。

わしの先祖は、庄屋の一族だった。戦後、政治家に転身した。祖父の鹿蔵《しかぞう》、父親の鹿之助《しかのすけ》、皆同じ選挙区から国会議員となっている。わしはその看板とカバン、地盤を受け継いでいる形だ。下々の言い草では、世襲の三世議員ということになるのであろう。そんな嫉妬《しっと》も生まれ持った才や富、権力への賛美にほかならない。

最近、愚民どもは賃金が低いと騒いでいるらしい。何のことだ。賃金が低いなら、賄賂《わいろ》を貰《もら》えばいいじゃない――である。

わしには時給という概念が分からない。今年、東京国際スポーツ博覧会という世界規模のイベントが開催された。わしの出番である。

会場建設やイベント開催に関して、業者からわしに電話が入る。わしは当局、いわゆる官僚に電話を入れる。それで、わしの懐に一億円入る。電話を受けて三十秒、かけて三十秒。計一分、時給どころか分給一億だ。それでも、わしにとっては最低賃金レベルなのだ。時給の低さなど、異次元の話にしか感じられなくても仕方ないだろう。

この手の〝ビジネス〟は発覚した際、秘書のせいにするのが習わしだった。爺《じい》さんや親父の時代にはそれで良かった。今はそうもいかない。秘書を自殺に見せかけて、海へ突き落とすぐらいのアフターケアは必要だ。面倒な時代になったものである。

選挙が近い。憂鬱だった。落選の心配ではない。わしにとって、選挙は単なる手続きにすぎないからだ。ゴールド免許のドライバーが、免許を更新するようなもの。面倒だが、取消にされる心配はないのだ。

鬱陶しいのは、形だけとはいえ愚民どもに媚《こ》びを売らなければならないからだ。握手し、選挙カーから手を振り、名前を連呼する。考えただけで、げっそりする。

最近、選挙カーがうるさいなどと主張をする連中がいるそうだ。何とも身の程知らずな奴隷どもである。本来わしの名前を聴くときは、跪《ひざまず》いて手を合わせるべきなのだ。

「先生、大変です！」

敷気田《しけた》の声が響いた。わしの私設秘書である。名前のとおり、シケた男だ。爺さんの代から付き合いがある、建設会社社長の息子だった。わしの事務所に出向してきている。そんな縁でもなければ、こんな九九も怪しい男を雇ったりしない。いずれ政界に進出したいなどと考えているようだが、こんなバカに務まる世界ではない。

「これを見てください！」

事務所へ飛びこんできた敷気田が見せたのは、週刊言秋《げんしゅう》だった。

泥舟社《どろぶねしゃ》という三流出版社が出しているゴシップ誌で、我が党を目の敵《かたき》にしている。実際、血祭りに上げられた議員も少なくない。チンピラ記者風情のくせに、記事の内容は正確だった。党内の裏切り者から、金か何かで情報を買っているのだろう。何と卑劣な。だから、連中はマスゴミなどと呼ばれるのだ。

『馬田の金権政治！　地元に蔓延《はびこ》る年貢搾取社会の時代錯誤!!』

敷気田が開いたページに、見出しが躍っている。内容は、わしが地元選挙区の政官財界から金をむしり取っているといったものだった。

まあ、間違ってはいない。驚くにも当たらなかった。地元では知らぬ者のない事柄ばかりだからだ。皆、見て見ぬふりをしているだけ。騒いだところで一文の得もない。

「こんなことで騒ぐな！　バカもん」敷気田を一喝し、わしは通常業務に戻った。

翌週になった。週刊言秋は、その週の号でもわしを特集していた。

『税金泥棒！　馬田による国スポ中抜きの恐るべき実態!!』

国スポとは、東京国際スポーツ博覧会の略称だ。会場建設や開閉会式のイベントに絡み、わしが約三十億円中抜きしたと書かれている。正確には三十二億だが。

それは、まあいい。地元と違い、東京での〝ビジネス〟には細心の注意を払ってきた。情報漏れの可能性は、関係企業か官僚がマスコミに寝返った場合しかない。誰のおかげで、あんなくだらんイベントで儲《もう》けることができたと思っているのだ。

政治家の本分は、私腹を肥やすことである。賄賂を貰い、裏金を作ることこそが使命だ。国会での活動など単なるボランティアにすぎない。あんな議員の安月給で粉骨砕身するほど、わしは落ちぶれていないのだ。

スマートフォンが鳴った。ディスプレイを見て、げんなりした。総理の吉元《きちもと》からだ。

「馬田先生、困りますよ！」吉元は、いきなり叫んだ。「ただでさえ、内閣支持率がダダ下がりなんですから」

知ったことか。お前が災害復旧予算さえ出し渋るくせに、しょうもない増税をこちょこちょ繰り返すからだろう。人のせいにするな。そうした器の小さいケチ臭さから、巷《ちまた》では〝ケチ元総理〟と呼ばれている。言い得て妙だった。

伝手《つて》を使い、泥舟社――週刊言秋を黙らせようと試みた。屈辱だが、致し方ない。これで安泰だろう。週が明け、週刊言秋の発売日が来た。わしは雑誌を開いた。

『恐怖！　馬田鹿太郎、戦慄の性加害――SEX献上システムを暴く‼』

何だと！　さすがのわしも、目を丸くした。記事は、わしが手下の議員に女を調達させているというものだった。事実である。女を集めてくるのは、江呂井《えろい》という二世議員だ。父親に輪をかけた能なしで、女衒《ぜげん》ぐらいしか使い道がない。

普段のわしなら、こんなエロ記事で怯《ひる》むことはない。英雄色を好む。そんな言葉を出さなくても、日本は性被害を告発した者が叩《たた》かれる社会だ。常に強者の顔色を窺《うかが》い、媚《こ》びを売り、擁護する。それは政界に芸能界、ほかの世界でも変わらない。

だが、今回は勝手が違った。ネットでは、わしに対するバッシングが猛威を振るった。内閣支持率は１％を切り、ケチ元が泣きついてきた。選挙の下馬評でも、対抗馬――小役人崩れのオバハンが圧勝すると予想されていた。

選挙戦が始まった。いつもなら満面の笑みで対応する選挙民も、どこかよそよそしい。ネットやマスコミはさらに過熱していき、国中がわしの敵となった。

誰が情報をリークしたのか。容疑者は多い。敷気田のような秘書、江呂井はじめ手下の議員、わしを追い落としたいケチ元による策略とも考えられる。

恩知らずの下流国民どもが！　わしは、あの馬田鹿太郎だぞお！

悩んでも答えは出ず、日々精神を削られる思いだった。よく眠れず、高級な酒も味がしなくなった。わしは、どうなってしまうのだ。

そして、投票日を迎えた。その結果わしは、わしは――

実は、まだ政界にいるのです。驚愕《きょうがく》の国だな、まったく。

ハピハピ☆バースディ　蒼井碧

蒼井碧（あおい・ぺき）

1992年生まれ。上智大学法学部卒業。第16回『このミステリーがすごい！』大賞を受賞し、2018年に『オーパーツ　死を招く至宝』でデビュー。他の著書に『遺跡探偵・不結論馬の証明　世界七不思議は甦る』（以上、宝島社）がある。

今年もこの日がやってきた。

「そんじゃ、とりま始めっかー。ウチらの二十回目の誕生日を祝して、カンパーイ！」

「うぇーい‼」

「……おめでとうございます」

そして俺の持っているジョッキを含め、五つのグラスがかち合う音が響く。

「うわ、みみこりんの飲みっぷり、エグ」

「しゃーなくね。やっと酒が飲めるんだもん。いつもは家族に止められてっからさ」

ぎゃははと下品な笑い声を上げながら頭を小突いてきたのは、俺をこの場に引っ張り出してきた張本人の三美子《みみこ》だ。

この日、三美子を含めた四人の同級生による、恒例の女子会が催されていた。

同級生といってもただの幼馴染《おさななじみ》ではなく、彼女たちはＳＮＳのコミュニティで知り合った、同年同月同日に生まれた者の集まりなのだという。今日が二十回目の誕生日になるそうで、盛り上がりも甚だしい様相だった。

そして本来この場には無関係であるはずの俺はというと、付き添いという名目で半ば無理やり連れだされており、開始数分足らずで早くも居心地の悪さを感じ始めていた。対して三美子はいつも以上に上機嫌だ。

「つーわけで今夜は飲み解禁。楽しみすぎて夜明け前に目が覚めたわ。ま、今日に限ったことじゃねーけど」

「わかりみ」とほかの三人が頷《うなず》く。

「てかさ、こいつがマジでうるせーのよ。酒は飲むなだの、味の濃いものは止めろだのさ。小姑《こじゅうと》かっての」

「それはこっちの台詞《せりふ》――」

「愛されてんじゃーん。ノロケにしか聞こえねー。てゆーか、今日は少年こそ飲んじゃだめだかんな、ウーロン茶で我慢しろし」

俺の抗議を遮るように、両手の人差し指を交互に突き出しながら釘《くぎ》を刺してきたのは、三美子の同い年だという沙織《さおり》だ。

「てか、最初にカレを連れてここに来たの見たとき、マジびびったわ。彼ピでもできたんかと」

「やめろし、どー見ても釣り合わねっしょ」

そう言いながら、三美子はまんざらでもなさそうだった。

「サオしゃこそどーなん、大学」

「あー、うん。ま、ぼちぼちかな」

「みみこりん、やめたれしー。ねー、サオしゃ」

にやけ顔で沙織の肩に手をまわしたのは、二人と同世代の千秋《ちあき》だ。

「こないだ、こいつから電話かかってきてさ。せっかく大学入れたのに、全然まわりに馴染めねー、って。ギャン泣きされたわ。大学デビュー失敗、おつー」

「それ言うなし」沙織がむっとした表情で言い返す。

「てか泣いてねーし。チアキチこそ、好きピに逃げられてぴえんって聞いてっけど」

「は、はあ？　そんな話、誰に聞いたん」

千秋が途端に狼狽《ろうばい》する。

「別に逃げられてねーし？　推しが変わっただけだっつーの」

「はい嘘《うそ》ー。身内からの証言でーす」

「なあっ、ちょ、ちょっとアカネ！　あんた、裏切った？」千秋が目を剝いた。

「だってさー、あんだけ色目使ってるの見たら、誰でも気付くわって話」

面倒そうに答えたのは、千秋の双子の妹である茜《あかね》だった。

「彼がヘルプの日、毎朝いつも化粧してたし、テンション高かったじゃん？」

「そ、それはあーしだけじゃねーし。あんたも同じだったじゃん」

「まがりなりにも人前なんだから、たりめーじゃん。てか一緒じゃねーし。彼が辞めたって聞いた日のチアキ、マジやばかったからね。このままショックで死ぬんじゃね、みたいな」

「うわ、冗談に聞こえねー」三美子が爆笑する。

「てか、まじめな話、こうやってイツメンで集まれるのもあと何回かってとこじゃん？」

「ちょ、いきなりマジトーンになんなし」

沙織がおどけたように言ったが、目は笑っていなかった。

「みみこりん、もしかして次あたり来れない系？」

「多分。あんたらはこの辺が地元だけど、あーしだけ家遠いし。その上、こんな体になっちまったからね」

三美子は傍らに置いてあった松葉杖《まつばづえ》を叩いた。

「だったら次は、みみこりんの宅飲みで良くね？」

「さおシャ、ナイスじゃん」

千秋と茜が揃《そろ》って親指を立てる。

「ということで少年、次はウチら四人の面倒見るのよろー」と沙織。

「うぇーい、ギャルしか勝たん」

声高にハイタッチを交わす四人を前に、俺は肯定も否定もせず、ただ黙ってその光景を眺めていた。

ひとしきり騒いだ頃、三美子がふらふらと立ち上がった。

「あー、なんだか眠くなってきたわー」

「はっや、まだ九時前なんですけど」

そう言って笑う三人もどことなく目が虚ろになっている。そろそろお開きだろう。

「じゃあ俺たちはこれで帰ります」

松葉杖を使って立ち上がろうとする三美子を支えながら、三人に軽く会釈をした。

「お熱いねー、お二人さん。このままホテルに直行コース？」

はやし立ててくる沙織に首を振る。

「いえ、このまままっすぐ帰ります」

「あっそ。んじゃまたね。えーっと次は──」

ひー、ふー、と指を折って数え出した彼女をしり目に、家を後にする。

慎重に車の後部座席へ三美子を座らせ、静かにアクセルを踏む。間もなく車は高速に入り、後ろからは三美子の寝息が聞こえてきた。

バックミラーを確認すると、穏やかな笑みを口元にたたえたまま、満足そうに眼を閉じている彼女の姿が目に映る。一昨年に持病が悪化したため、しばらく酒は控えさせていたところ、この日だけは特別に許していた。

妻の代役として、初めて三美子の誕生日会に同席したが、こんなに幸せそうな顔を見るのは、この四年間で一度もなかったかもしれない。

彼女たちは、閏年《うるうどし》の二月二十九日に生まれた四人の同志。

実年齢にして八十歳となった義母の誕生日会は、つつがなく幕を閉じたのだった。

勝利の雄叫び　おぎぬまX

おぎぬまX（おぎぬまえっくす）

1988年、東京都生まれ。元お笑い芸人。ギャグ漫画家として2019年に『だるまさんがころんだ時空伝』で第91回赤塚賞入選。2021年には「ジャンプSQ.」にて『謎尾解美の爆裂推理!!』を連載。また、ジャンプ小説新人賞2019・小説フリー部門にて銀賞を受賞し、2020年に『地下芸人』（集英社）で小説家デビュー。2023年、第21回『このミステリーがすごい！』大賞・隠し玉として『爆ぜる怪人　殺人鬼はご当地ヒーロー』（宝島社）を刊行。他の著書に『キン肉マン　四次元殺法殺人事件』（集英社）。

〈沙耶〉


どうやらパパとママは、私たちの仲がいいと思っているらしい。

イシンデンシン？　そういった心の繋《つな》がりが、私たちにはあるのだと本気で信じているようだ。

私たちは双子の姉妹で、パパとママは珍しいことだと言っていた。でも、だからって勝手な幻想を押し付けないでほしい。

むしろ、いつもすぐ側にいるからこそ、うっとおしく感じることの方が多いのだ。

私の一番最初の記憶は、自分と同じ姿をした存在に対する純粋な疑問だった。

――どうしてこの子は、私の側にいるんだろう？

双子というだけで同じような名前を付けられて、同じ部屋で育てられてきた。なんとなくだけど、この子がいる限り、私は一番になれない気がした。

私たち姉妹は双子であるため、パパとママに褒められることも、優しく撫《な》でられることも、ごはんさえも半分ずつになる。もし私一人しかいなかったら、全部自分だけのものになったはずなのに。まだ外の世界を知らない私たちは、パパとママの存在が全てなんだ。

――どうして、私たちは二人なの？

その時から私は、麻耶《まや》のことが大嫌いになった。

麻耶に対する気持ちは、自分の成長と共に大きくなっていった。私たちはパパとママの気を引くのに必死だというのに、その様子が仲がいいだの、通じ合ってるだのと勘違いされるのも許せない。

だから私は、麻耶を出し抜くことにした。

ずっと前から考えていた計画を実行に移す時がきた。私は隣にいる麻耶の気配をさりげなく窺《うかが》う。

麻耶はこれから部屋を出なくちゃいけないのに、もじもじとしている。こういったノロマなところも好きになれない。

双子だからといって、麻耶と対等だなんて我慢ならない。私と麻耶の間には、絶対的な上下関係があることを思い知らせる必要があった。

そのためには、いかなる時も私が〝先〟であるべきだ。

たとえば、ごはんの時も、たとえばこの部屋を出る時も……今後、ありとあらゆることは、麻耶よりも私が先に行うべきなのだ。そうすることで麻耶は、自分よりも私の方が偉いということが嫌でも分かるはずだ。

私が麻耶を置いて部屋を出ようとした時、背後で何かが動く気配があった。

〈麻耶〉

どうやら沙耶《さや》は私のことを出し抜くつもりらしい。

ドウゾクケンオ？　どういった理由かは知らないけど、迷惑だとしか言いようがない。

私たちは双子の姉妹で、今まで何度もケンカをしそうになったけど、いつも私が我慢をしてきた。

私の一番最初の記憶は、自分と同じ姿をした存在に対する純粋な疑問だった。

――どうして、私たちは二人なの？

双子というだけで同じ部屋で育てられ、パパとママから可愛《かわい》がられる回数も半分ずつになるのが嫌なのは分かる。でも、そんなことはお互い様じゃないか。

なぜ、私たちは嬉《うれ》しいことも悲しいことも、二人で分け合うことができる特別な存在だと思うことができないのだろうか。これからも沙耶に恨まれ続けるのだと思うと、うんざりした。

だから私は、沙耶を出し抜くことにした。

ずっと前から考えていた計画を実行に移す時がきた。私は隣にいる沙耶の気配をさりげなく窺う。

沙耶はこれから部屋を出ようと準備しているせいか、こちらのことなど、まるで気にしていない。どうやら、私より先にこの部屋を出ることで、自分が私より偉くなれると考えているらしい。こういう、ズルいところも好きになれない。

でも、沙耶の考えは甘い。どちらが先か後か、上か下かでケンカするくらいなら、最初からどちらか片方しかいない方がいい。

私は両手で紐《ひも》を摑《つか》むと、こっそりとそれを沙耶の首に巻きつける。

沙耶がぴくりと反応した。だけど、もう遅い。私はありったけの力を込める。沙耶は最後まで私の行動を理解できないまま、やがて動かなくなった。

やっぱり、双子にイシンデンシンなんてなかった。

計画を成功させた私は、沙耶を置いて一人部屋を出た。

部屋の外では、パパとママの他にも知らない大人たちが私が出てくるのを待ち構えていた。その内の一人が私のことを抱きかかえる。私はありったけの声で叫んだ。

——これでもう、私は一人だ！

パパとママの愛、与えられるべき幸せ、これからは全部私一人のもの。

勝利の雄叫《おたけ》びがこだました。ようやく異変に気がついたのか、周囲の知らない大人たちがざわめき始めた。

不安を察知したのかパパとママが取り乱している。だれかが震える声で囁《ささや》いた。

「先生、もう一人の赤ちゃんが、へその緒が首に絡まって、すでに……」

推理作家は地獄へ行ける　新川帆立

新川帆立（しんかわ・ほたて）

1991年生まれ。アメリカ合衆国テキサス州ダラス出身、宮崎県宮崎市育ち。東京大学法学部卒業後、弁護士として勤務。第19回『このミステリーがすごい！』大賞を受賞し、2021年に『元彼の遺言状』でデビュー。他の著書に『倒産続きの彼女』『剣持麗子のワンナイト推理』（以上、宝島社）、『競争の番人』（講談社）、『先祖探偵』（角川春樹事務所）、『令和その他のレイワにおける健全な反逆に関する架空六法』（集英社）など。

「享年三十五歳、小出水有子《こいでみずゆうこ》。間違いないか？」

閻魔《えんま》様が真っ赤な顔をこちらに向けた。目玉がこぼれそうなほど目を見開き、何かに耐えるように奥歯を食いしばっている。

「大丈夫？　体調でも悪いの？」

私が尋ねると、閻魔様は「いや、何でもない」と答えた。

「吾輩《わがはい》は死者に裁きを下す罪を背負うため、熱々《おい》の銅を、一日三回飲んでるんだ」

「あらまあ、ご立派なこと。ちなみに銅って美味しいの？」

「これといった味はないが――」

「私にも一口ちょうだい」

これ、やめなさい、と閻魔様は身を引いた。「君にはまだ早い。世を離れてまだひと月くらいだろう。せめて地獄に落ちてからでないと」

「地獄、ですか」

「恐ろしいところだぞ。焼けた針で舌を突きさされたり、火を吹く犬に食われたり。一方、天国は良いところだ。池のほとりで安穏と釣りをして暮らせる。大きい声では言えないが、吾輩としても、なるべくみんなに天国に行ってもらいたいと思って、仕事をしているんだ」

机上で閻魔帳を開いた。

「えーっと、君の死因は焼死とのこと。間違いないかね？」

「そうそう。私は火事で死んだんですよ」

夜中だった。急ぎの仕事をすませるために、書斎で机に向かっていた。朝までに原稿を仕上げる必要があって、片時たりとも机を離れられなかった。零時の鐘が遠くで鳴っていた。それから何時間か作業していたと思う。原稿を仕上げて、編集者にメールで送信した。その瞬間、ものすごい勢いで扉が吹っ飛んで、火柱が走った。部屋じゅう本だらけだから、延焼は早かった。すぐに息が苦しくなって、意識が薄れていった。

「最後の最後に思ったんだもん。あ、焼き肉の匂いがする！　って。燃えていたのは私の肉だけどね、はははは」

「はい、なるほど。分かりました」閻魔様は事務的に言った。「念のため、浄玻璃鏡《じようはりのかがみ》で確認しましょうかね」

脇におかれた大きな丸鏡に、書斎が映しだされた。

「見て。私、C・B・ギルフォードの初版本を抱えてる。炎から守ろうとしてるんだ。健気《けなげ》だねえ。しかもほら、口を歪《ゆが》めて苦しそうな顔をしてるよ。これまで何人の死に際を書いたか分からないけど。もう少し早くこれを見られたら、私の描写力も多少マシになってたんだろうねえ」

「それでは、死因の確認がとれたということでいいですね」

閻魔様は淡々と言った。

これだから役人は嫌なんだ。冗談がひとつも通じない。

そのとき、閻魔帳をめくる手が止まった。

「待てよ。君は生前、推理小説の作家だったのか？」

「そうそう。長編だけで二十八作書いていますよ。半分ほどは映像化されていて、売れっ子と言っても差し支えは――」

「こりゃあ、まいったな」頭をかきかき、侍女を呼びとめた。「法令集をもってきてくれ。細則二二一のB、推理作家用の特例が載っているものだ」

侍女の背中を見送りながら、閻魔様は気が重そうにため息をついた。

「ここにある閻魔帳には、君が生前に行った善行と悪行がすべて記されている。隠し立てしたって無駄だぞ。君が行くのは天国か地獄か」

まずいことになった。恐ろしい地獄と安穏な天国、二つに一つだ。嘘《うそ》をついたところで浄玻璃鏡を見て確認されたらバレてしまうだろう。こんなことになるのなら、生前にもっと考えを持って行動するべきだった。

胸がどきどきしているのを感じた。もう死んでいるはずなのに、鼓動があるんだねえ……なんて言っても、どうせ閻魔様は笑わない。事態を悪化させないよう、口元を引き結んだ。

「さてさて」唾をつけた指で閻魔帳をめくる。「おお、素晴らしい。善行だらけじゃないか。三十五年の人生の中で、路上での道案内を一万回近くこなしている。一日一回のペースだ。同じくらいの頻度で、お年寄りに席を譲っている」

「違うんです。推理作家として人間観察のために、世俗の人々と交流を持っただけです」

「君の本を読んで自殺を思いとどまった女の子が三人いる」

「それは結構なことだけど。私のせいで閑職に追いやられた編集者が六人います」

「なんだと？」ぎょろりとした目を向けてきた。「詳しく聞かせてくれ」

「私が〆切を全然守らないからです。刊行スケジュールが乱れに乱れ、編集者たちはその責任を負わされ、出世の道を絶たれたのです。悪いことをしました」

「念のため、浄玻璃鏡で確認しようかね」

丸鏡に、懐かしい面々が映し出された。

初代担当のA氏が大きな口を開けて昼寝している。編集長不在の編集部、窓際の席は日当たりが良くて気持ちよさそうだ。二代目担当のB氏は巨大なチョコレートパフェを実に美味《うま》そうに食べている。三代目C氏はちょっとエッチな漫画を読んでいるところだった。閻魔様は赤い顔をさらに赤くして、画面を切り替えた。四代目D氏は会社の給湯室で若い女性社員といちゃついていた。

「なんだ。どうなっているんだ、出版社は」

閻魔様は呆《あき》れながら画面を替えた。

五代目E氏は資材倉庫の隅で目に涙を浮かべている——と思いきや、スマートフォンの画面で韓流ドラマを見ていた。イケメン俳優がたくさん出ているやつだ。

「みんな幸せそうにやってるじゃないか」

「担当作家が死んだというのに、のびのびやってますね」

「閑職に追いやられたとはいえ、それぞれに楽しく暮らしているなら問題あるまい」

「いや、待ってください。六代目担当編集F氏がまだです」

「まあ一応、確認しようかね」

丸鏡にはF氏の顔が大写しになった。

F氏はなんと、私の墓前で泣いていた。『小出水先生、申し訳ございません。私が急ぎの仕事を頼んだばかりに。あの時、あの時間に、書斎にいたのですよね。仕事をしていなかったら、助かったかもしれないのに……』

「そうなのか？」閻魔様が尋ねた。

「確かに、死の直前にやっていた仕事は、F氏から依頼されたものでした。私の書斎はキッチンの隣にあります。火の元がキッチンだとしたら、書斎は危険な場所です。他方で寝室は玄関の近くにあるから、仕事をせずに寝ていたら、助かったかもしれません。書斎の扉が飛ぶ音で目を覚まして、すぐに逃げられるから」

鏡の中で、F氏が両手をこすり合わせて、私の墓を拝んでいた。

『でも先生、おかげさまで、お送りいただいた原稿が遺稿ということになりまして。弊社も一儲《ひともう》けさせていただきましたよ』

よく見ると、F氏の腕には黄金色のロレックスが輝いている。

「あっ、こいつ、作家の死で儲けやがって」

「つまるところ、君は誰も不幸にしていない。善行をたくさん積んでいる。天国か地獄か、君の行き先は——」

「勘弁してくださいよ！　天国行きなんて絶対ご免なんだから！　池のほとりで釣りですって？　暇すぎて死んじゃうわ。もう死んでるけどね、ははは」

閻魔様はぴくりとも笑わない。代わりに深いため息をもらした。

「君もかね。推理作家という人々は、やけに地獄に行きたがる。最初から君の様子もおかしいと思っていたんだよ。熱々の銅を飲みたがるし、自分の身体が焼ける匂いがどうのと呑気《のんき》なことをぬかす。推理作家は変人ばかりだ。やつらのあいだでは、二つの動く山に押しつぶされる衆合地獄や、消えない業火で焼かれる大焦熱地獄あたりが人気だ。物理トリック満載だと喜びながら、土曜会などというものを開催しているよ」

「えっ、先輩作家たちもみんな地獄にいるの？」

「知らんのかね。地獄に行きたいと騒ぐ推理作家が多すぎて、特例ができたんだ」

閻魔様は呆《あき》れたように笑って言った。

「善行を積んだ推理作家は、とっても楽しい地獄へ行けるんだよ」

本書は書き下ろしです。
収録作品はフィクションです。作中に同一の名称があった場合でも、
実在する人物・団体等とは一切関係ありません。

宝島社
文庫

驚愕の1行で終わる3分間ミステリー

（きょうがくの1ぎょうでおわる3ぷんかんみすてりー）

2024年4月17日　第1刷発行

編　者　『このミステリーがすごい！』大賞編集部
発行人　関川 誠
発行所　株式会社 宝島社
〒102-8388　東京都千代田区一番町25番地
電話：営業 03(3234)4621／編集 03(3239)0599
https://tkj.jp
印刷・製本　中央精版印刷株式会社

Printed in Japan
ISBN 978-4-299-05367-1